講談社文庫

# 10分間の官能小説集

小説現代 編

石田衣良｜睦月影郎｜小手鞠るい｜南 綾子｜阿部牧郎

あさのあつこ｜三田 完｜岩井志麻子｜前川麻子｜勝目 梓

# 目次

# 10分間の官能小説集

# ひとつになるまでの時間

石田衣良

「もしもし、もうベッドにはいった？」

明かりを消した寝室できく妻の声は、空《から》っぽのとなりのベッドからきこえるようだった。ひどく身近で親密な声である。黒いビロードの手袋でそっと耳をなでられたようだった。篠原倫太郎《しのはらりんたろう》は目を閉じて、携帯電話に囁《ささや》いた。

「明日の準備をして、風呂にはいって、用事は全部すんだ。そっちは荷物、まとめたの？」

がさがさと毛布のこすれる音がした。耳のなかに突風が吹きこんだようだ。

「ええ、明日は早めにお店をでて、夕方の飛行機にのるだけ」

妻の声から顔の表情を想像した。早季子《さきこ》も自分と同じようにベッドのなかで目を閉じているに違いない。ゆったりとくつろいでいるはずだ。ただこちらは東京で、むこうは札幌《さっぽろ》にいるだけのことだった。すぐとなりで話しているように声は生々しいが、八百キロ以上も離れている。倫太郎は目を閉じた顔から細く締まった首筋へ、鎖骨《さこつ》のつけ根から白い丘のようになだらかに流れる胸へと想像を広げていった。鎖骨のくぼみの浅い陰は、倫太郎が発見した妻の弱点である。

「四ヵ月ぶりね」

「もうそんなになるんだ」

妻は新しい旗艦店を開くために、北海道に長期出張に駆《か》りだされていた。働く女性のための適切な価格のシンプルで上質なファッション。早季子が働く会社は不況でも順調に業績を伸ばしているという。

「約束は守ってくれた?」

倫太郎はひやりとした。自分と会うまでの一週間、妻から自慰《じい》の禁止令がでていたのである。一昨日の夜、がまんできずに破ってしまった。

「ああ、なんとかね。今夜もあれをするの」

「……ふふふ、わたしはしたいな。倫太郎だって、したいでしょう?」

それは言葉だけのセックスで、ふたりの好きな前戯《ぜんぎ》である。おたがいの妄想を、包み隠さず言葉にする。誰もが心の底に秘めている性的なファンタジーを共有するのだ。結婚して七年になるが、ふたりのあいだにタブーはなかった。

「うん、したいね。まえの晩あれこれ話すと、つぎの日実際にするときすごく盛りあがるから」

ふくみ笑いをして、遠方にいる妻がいった。

「ほんと、なんでかな。わたし、こんなにやらしい女じゃなかったと思うんだけど。倫太郎にあれこれ教えられちゃった」

「相性がよかったんじゃない？」

相性は身体《からだ》の凹凸《おうとつ》にあるわけではなかった。ほんとうの相性は脳のなかにある。同じ方向性をもつ性的な想像力。それが結局はいいセックスを可能にするのだ。人は動物と違って、頭脳でセックスする。

「そうね。ふたりともやらしさを感じるツボがよく似てるものね」

倫太郎はベッドのなかに横たわる早季子の姿を想像した。ここよりも遥かに北の街で、この瞬間暗闇のなかに浮かんでいる女の姿。なぜかイメージのなかでは、妻は裸だ。右肩の外側にある浅い色の黒子《ほくろ》と背中のくぼみに青白い煙のように浮かぶ細かな静脈を思いだした。

「例の宅配便のドライバーの話は、あれから広がっているの」

「そうね、だんだん連続大河エロドラマみたいになってきた」

その青年はまだ仕事を始めたばかりで、学生のようだという。早季子のワンルームマンションの担当で、週に二度は宅配にやってくる。

「妄想のなかでは、どこまでいってるんだ」

「ふふふ、印鑑の代わりに、わたしが口紅を塗るところまで話したのよね」

そうだった。サインでも押印でもなく、妻はなぜかルージュを引いた唇《くちびる》で受けとりの印を残すのである。

「すると、あの人はポケットから宅配便のロゴがはいったポケットティッシュをだしてくれるの。サービスです、どうぞおつかいくださいって。わたしの手には荷物があるから困っていると、彼がティッシュを一枚抜いて、震える手でそっと唇をぬぐってくれる」

倫太郎は思わず笑ってしまった。

「玄関で、立ったまま、宅配便のドライバーがね」

「ここがチャンスだとわたしは思うの。もう胸がどきどきしてたまらないんだけど、思い切って舌をすこしだけだすんだ。口紅をぬぐってくれる彼の指はごつごつして四角くて、爪なんか十円玉くらいの厚みがあるの」

つい思いだしてしまった。早季子に指をなめられたときのことだ。左右の指と指の股《また》をていねいに舌でたどってから妻はいった。指には味がある。男の人の指はみな味が違うと。

「それで学生みたいなドライバーの指をなめるんだ」

「そう。舌を筒みたいに丸めて、太い中指をなめるの。舌をだしたり、いれたりしながら」

ベッドのなかで明日セックスする相手から、そんな言葉をきくのはたいへんなスリルだった。この会話を分けあっているのは世界にふたりだけで、イメージはどこまでも自由だ。倫太郎のペニスはパジャマのなかで半分硬直している。

「でも、いきなり指をなめられたら、相手だってびっくりして、引かないか」

「そのへんは妄想だからいいの。逆に、彼はすぐその気になって、わたしの口のなかを指であれこれ探ったりする。なかなかHのセンスがいいドライバーなんだ」

わずかな嫉妬《しっと》と激しい興奮を感じた。倫太郎の声はかすれてしまう。

「そうなんだ」

「でね、彼はいうの。その箱の中身はなんですか、奥さん。見せてください」

「そういえば、荷物を受けとったままだったね」

早季子の声も熱をもってざらざらに荒れている。

「中身はね、あなたが送ってくれたセクシーなランジェリーなの。ショーツのクロッチは割れていて、ブラは四分の一カップくらいしかないやつ。わたしは開けさせないように抵抗するんだけど、無理やり薄い段ボールはちぎられてしまう」

宅配便で送ったことはないけれど、結婚前いっしょにランジェリーショップにいき、輸入物の下着を選んだことはあった。あれはたのしいデートだった。また試してもいいかもしれない。

「ちょっと待って、そのあいだずっと早季子は彼の指をなめてるんだよね」

妻が暗闇のなかで華やかに笑った。

「そう。ダメダメっていいながら、ずっとなめてる。もう中指だけでなく薬指もいっしょにね。わたしの口のまわりは唾液《だえき》と口紅でべとべとなの」

「やらしいな、早季子」

「やらしいのは嫌い？」

ほとんどの女性は甘えるのが苦手だが、早季子は上手に甘えて見せた。妻の好きなところのひとつである。

「嫌いじゃないよ。それで、どうなるの」

「彼は部屋にあがって、奥のリビングにむかう。肉体労働をしている男の汗のにおいがする。彼は人差し指と中指でわたしの舌をつまんで、引っ張っていくの。わたしは胸にあなたからプレゼントされた下着を抱えて、これからどうなるんだろうかと思いながらついていくんだ」

倫太郎はちいさく唾《つば》をのんだ。なぜ、女性の性的なファンタジーは行為に移るまでのアプローチがこれほど長く細密なのだろうか。具体的な肉体の接触よりも、そこまでの関係や状況に無闇に想像力をつかうのだ。

「彼はソファに座って、いうの。その下着に目のまえで着替えて見せろって」

「早季子はどんな格好《かっこう》してるの」

「いつものジーンズに、カットソー。うちのブランドのやつね」

倫太郎は札幌の部屋にあるソファを思いだした。サンドベージュのふわふわと頼りないかけ心地のソファだ。去年の夏はあそこでセックスしている。

「彼はソファに足を直角に開いて座ってる。作業ズボンに手をやって、布越しにペニスをつかんで。早く着替えろ、のろのろするなって命令するの」

早季子は肉体的に乱暴なのは好みではないが、荒々しい言葉づかいは好きだった。妄想のなかでも実際のベッドと同じ傾向がでるようだ。

「わたしはジーンズを脱いで、彼のまえに立つ。想像だから、実際よりもだいぶスタイルがいいかな。もうペネロペ・クルスみたいなの。カットソーのなかでブラをはずそうとすると彼はいう。ちゃんとうえを脱いでから、替えろって」

きっと自分も同じことをいうだろうと思った。女たちはあんなにきれいな乳房をもっているのに、なぜもぞもぞとセーターやトレーナーを着たままブラをとるのだろうか。

「わたしはいわれたとおりにするの。裸でいるよりも恥ずかしいランジェリーを着て、彼のまえに立っている。乳首やしたの毛を隠そうとすると彼に怒られるので、しかたなく両手をうしろで組んで」

うつむいて全身を紅潮させている妻の裸身が目に浮かぶようだった。

「ランジェリーは何色なの」

「うーん、それは迷ってる。淡いバイオレットか、くすんだピンクかな」

「いいね、それすごく」

「わたしはもう恥ずかしくて、彼のほうに顔をむけることもできない。身体は直火《じかび》にあてられたように熱くなっている。問題なのはまだ指一本ふれられていないのに、わたしが濡《ぬ》れてることなの。薄っぺらなレースのショーツがあそこにぺたりと張りついてる。彼に気づかれないか、気が気じゃないんだ」

「早季子はそういうとき、もじもじ太ももをこすりあわせるよ。ひどいときは腰をつかってるな」

照れたように妻がいった。

「だって、どうしてもがまんできないんだもん」

「それから、どうするの」

「彼はひどく冷静な声で、命令するの。これをなめろって」

そこはだいたい予想がついていた。早季子はプライドは高いのだが、性的な局面では命令されるのが好きだ。

「わたしがソファにまっすぐいこうとすると、怒られるの。手をついて這《は》ってこいって」

「で、早季子はよろこんで、犬みたいに這っていく」

「そうなの。でも、ワンちゃんみたいな格好をするのは、ちょっとうれしいんだ。そのときにはわたしはめちゃくちゃに濡れてるから、太もものあいだに垂《た》れちゃってる。這ってれば、彼に見られないですむでしょう」

思わず笑い声をあげそうになった。妄想のなかで、そんなことまで考えつくす妻がかわいかった。

「へえ。自分でそれがわかってるとしたら、そのますぐにフェラはできないね」

早季子の声が甘くねじれた。

「やっぱり倫太郎もそう思う?」

「早季子が札幌にいってから、ずいぶん話したからね。それくらいわかるよ。でも、出張がなかったら、こんなに秘密の話をしなかったかもしれないな。離ればなれにもいいことはあるね」

「そうだよね、身体だけじゃなくて頭のなかまで全部さらしちゃったからなあ。ほんとに恥ずかしいな」

身体よりもお互いの心をさらすこと。ほんとうのセックスはそこから始まるのかもしれない。

「それで理想的な彼はつぎはどんな命令をするの」

「そのままの格好で、お尻をこっちにむけろって。太ももまで濡らしてるのを見せなくちゃいけないの」

倫太郎にはそこが不思議だった。なぜ濡れている状態が女性たちは恥ずかしいのだろうか。男性の硬直したペニスと変わらないのに。男のものはよくて、女のものは悪いという理屈はないだろう。

「四角くてごつごつした指だったよね。早季子はいつさわられるのかずっと期待して待ってるのに、なにもされないから、もっと濡れてくる。つぎはそんな感じだよね」

「そうね。でも、しばらくすると彼の声がする。奥まで見せてもらったから、今度はなめてくれって」

「至れり尽くせりのご主人さまだな」

「わたしは這ったまま、ソファに座る彼の作業ズボンのファスナーを開ける。で、なかから硬くなったのをとりだすんだけど、それがすごく不思議なの」

ひどく変わった形でもしているのだろうか。倫太郎はクランクのように折れ曲がったペニスを想像した。

「なかからでてきたのは、倫太郎のおちんちんなんだ。それまでは宅配便の運転手だったのに。顔をあげてみると、あなたが座ってる」

そんなふうに告白されて、倫太郎の胸は躍った。わざと冷たくいってみる。

「そのサプライズはがっかりなの、それともうれしいの」

「ふふ、それがね、すっごくうれしいの。ねえ、倫太郎、いってほしい台詞《せりふ》があるんだけど、いいかな」

「別にいいけど」

「妄想のなかのあなたは、宅配便の制服にキャップをかぶって、にこりと笑って、こういうの。やあ、ぼくだよ」

長電話のせいで、ベッドが熱をもっていた。倫太郎は寝返りを打ってから、できるだけ二枚目の声をだした。

「やあ、ぼくだよ……こんな感じかな」

「ちょっと意識しすぎかな。でも、そんな感じ」

「で、早季子はいつもみたいに遠くからなめ始める？」

「そう、先のほうをくわえるまえになるべくじらしたいから」

妻の口の感触を思いだした。頭のなかではなく、濡れた感触をペニスに感じる。倫太郎の声が一気に切なくなった。

「今、ぼくのはかちかちになってる」

「いいなあ、それなめたい」

「早季子はどうなってるの」

「わたしはもうさっきからびしょびしょ」

「ぼくもそれなめたい」

「ダメ」

早季子は口での愛撫《あいぶ》が嫌いである。酔っ払ったとき、たまに許可してくれるだけだった。

「ふー、こんなに切ないのに、なんにもできないんだな。ぼくは東京にいて、早季子は札幌だ」

「切ないのはわたしも同じよ。でも、約束だからね。絶対にひとりでしたらダメだよ。明日はうんと濃くなくちゃ嫌だから」

「わかってる」

倫太郎はベッドサイドの目覚まし時計に目をやった。もうすぐ深夜の一時だ。そろそろ眠る時間だった。

「なんだか拷問《ごうもん》みたいだな。ひどい生殺《なまごろ》しだ」

「わたしも、電話のあとでいつももやもやして、なかなか寝られないんだ。今、あなたに抱いてほしくてたまらない」

「ぼくも早季子がほしいよ。でも、明日の夜にはいっしょだから」

「そうね。あと十八時間後には、あなたと羽田《はねだ》空港で会える」

「わかってる。もう待ち切れないよ。おやすみ」

「おやすみなさい。わたしはティッシュでふいてから寝るね。一枚じゃ足《た》らないかも。じゃあ、明日ね」

通話は切れた。寝室に夜の静けさがもどってくる。倫太郎は昔読んだ哲学者の言葉を思いだしていた。これから性交をおこなうことが定まっているそのときまでの時間を、その哲学者は特別な時間で、ほんものの「経験」だとしていた。経験とは人間が自分のなかに生まれたある特定の事態に基づいて、自由を具体的に直感する場所にほかならないという。まわりくどいが、さすがにうまいことをいうものだ。

セックスに捕らわれ、相手に縛《しば》られ、妄想の道具にされる。本来なら不自由の極みのはずなのに、心は十八時間後にむかって矢のように飛んでいた。自分から熱烈に不自由を望む。その状態のなかにセックスの自由はある。

倫太郎は携帯電話を胸に抱いたまま、夢さえはいるすきのない眠りについた。

私立中学校の国語教師が、倫太郎の職業だった。子どもたちはかわいいが、仕事は生活のための金銭を得る労働だと、割り切って考えている。その日は授業で論説文や小説や詩を読んでも、まったく心がはいらなかった。十年以上教師の仕事をしているので、スイッチがはいればいつの間にか五十分間は自動的に話ができてしまう。子どもたちには気の毒だが、たまには自動操縦にしなければ、身体がもたないのも確かだった。教師の仕事は激務である。放課後はいつもなら九時くらいまで残業をするのだが、仕事をもち帰ることにして、六時に学校をでた。

小型のドイツ車で、渋滞が始まった夕刻の道を羽田空港にむかう。倫太郎はきちんと論理のある製品が好きなのだ。走るための機能以外は無駄を削ぎ落とした車だった。これから性交するのが確定している時間。腰の奥にちいさな熱を放つ球があって、そこが心臓にあわせてはずんでいるようだ。横断歩道や信号やまえを走る小型トラック、すべてが性的な色彩を帯びているように見えた。

空港の駐車場に車をとめ、到着ゲートのまえに立ったのはちょうど夜七時だった。気流の関係で、札幌発の飛行機は五分ほど定刻より遅れるという。もうすこし余計に早季子を待てる。それが好もしかった。

日本の四割ほどの夫婦はセックスレスだという。だが、逆に考えれば六割の夫婦がきちんとセックスをしているのだ。そのうちの多くは、自分たちと同じように単純な行為から無限のバリエーションを生みだし、セックスをたのしんでいるに違いない。今夜、この東京でどれほどの数のエクスタシーの火花が飛ぶのだろうか。あの快楽で発電が可能なら、無数のフラッシュが脈動しながら首都を照らしだすことだろう。

ひとり性的な夢想にふけっていると、開いたままのゲートを抜けて、早季子があらわれた。自社ブランドの春のワンピースを着ている。おおきなショルダーバッグをひとつ肩にかけ、手には同じラインのセカンドバッグをさげている。

早季子は夫をなにかまぶしいものでも見るように目を細めて見た。

「おかえり、早季ちゃん」

なかなか妻は目をあわせようとしなかった。

「ただいま」

倫太郎はさっと荷物をとった。

「外国映画なら、こういうときには派手に抱きあったりするんだろうな。どうしたの」

頬を軽く赤らめて、妻がさっと盗むように倫太郎と目をあわせた。

「そんなの絶対無理」

「どうして」

「だって、そんなことしたら、わたし我慢できずに到着ゲートのまえでも、してほしくなっちゃうもの」

昨夜はあれほどあからさまなファンタジーを語っていたのに、いざ顔をあわせるとひどく恥ずかしがるのが、なんだか愉快だった。妻をかわいいと思うのは、こんなときである。倫太郎は多くの旅行者がゆきかうコンコースを歩き始めた。

「うちに帰ってからだと面倒だから、空港のなかで晩飯にしよう」

エスカレーターを先にあがった倫太郎のジャケットの裾《すそ》を、早季子がつまむようににぎった。夕食はあまり食欲がないという早季子にあわせて寿司にした。カウンターで身体を寄せて、妻がいった。

「早くうちに帰りたいな。わたし、今日は味なんてよくわからないかもしれない」

白木のカウンターのしたで、倫太郎のペニスに血液が流れこんだ。

「ぼくもだ。昨日の夜は苦しかった。早季ちゃんはよく眠れた？」

早季子は耳元で囁く。

「もうずーっと、やらしいことばかり考えちゃった。四ヵ月ぶりに会うのに、寝不足で目のしたにくまができていたら嫌だなあ。そう思ったけど、ぜんぜん眠れなかった。起きたら、ショーツばりばりだ……」

板前が最初のにぎりをふたりのまえにおいて去っていった。コハダとヒラメ。一貫ずつ交換する。早季子がいった。

「あー、もうダメだ。ごはんより、早く抱いてほしい」

あからさまな言葉に、国語教師の倫太郎は弱かった。ペニスはほぼ完全に充実してしまう。もう寿司をつまむのも面倒である。まとめて注文して、さっさと帰ろう。

「ぼくもだ。早季子がほしい。急いでたべるよ」


駐車場にでると、春の夜だった。生あたたかい風が、手をつないで歩くふたりのあいだを抜けていく。車にのりこむと、シートベルトを締めようとした早季子のあごをつまんだ。こちらに顔をむけさせ、キスをする。倫太郎はふれるだけの軽いキスのつもりだった。早季子の舌が先に動いて、夫の唇を割った。全身をぶつけるように運転席に身体を預けてくる。そのまま舌をからめる激しいキスになった。倫太郎はワンピースの襟《えり》ぐりから手をいれて妻の胸にじかにふれた。早季子はコットンパンツのうえから硬直したペニスをつかんでいた。狭い車内はふたりの荒い息で埋まっている。どれくらいキスをしていたのか、自分でもわからなかった。ようやく唇を離すと、倫太郎はいった。

「すごかったな、今のキス。あやうくいっちゃいそうになった」

早季子はワンピースの乱れを直している。かちりとシートベルトを締めると、サンバイザーの裏についたミラーで、崩れた化粧を確かめた。

「早く帰りましょう。もうお願いだから、わたしにさわらないで。ほんとに苦しくて、たまらないんだから」

羽田空港から駒沢《こまざわ》公園にあるふたりのマンションまでは、高速道路を使用しても四十分ほどかかった。車中で早季子はずっと夫に身体を寄せていた。手はペニスのうえにおかれている。

「不思議ね。よく夫婦は倦怠期《けんたいき》があるっていうでしょう。でも、わたしは七年もたって、今が最高にあなたのことが好きになっている。セックスだって、若いころ想像していたより何千倍もいいの」

首都高の段差がリズミカルに車を揺らしていた。バックミラーで周囲の車両の流れを確認しながら、倫太郎は片手で妻の肩を抱いた。

「ぼくも今のほうがずっといいと思う。ゆっくりと味わえるし、早季ちゃんの反応がすごいから毎回感心する」

早季子は額《ひたい》を夫の胸にぐりぐりと押しあてた。

「だって、ほんとにすごすぎるんだもん。わたしね、若いころはけっこう簡単に男の人と寝てたんだ。セックスなんて、そんなにもったいつけるほどたいしたものじゃない。そんなふうに思っていた。でも、今は違うの」

妻の肩を抱いた腕に力をこめて、倫太郎はいった。

「わかるよ。みんな、セックスなんて誰としても同じだっていうんだ。ぱっとしないカフェの昼の定食みたいに」

「そうね、ほんとうはすごいご馳走《ちそう》で、生きていくためになくてはならない栄養なのにね。今のわたしは倫太郎としかしたくないの。自分でも不安になるくらい倫太郎が好き」

妻の声の調子に驚いて目をやった。ちょうどそのとき早季子の目から、ひと粒涙がこぼれ落ちた。あわてて涙をぬぐうと、早季子は顔を隠してしまう。泣き笑いの声でいった。

「でも、こんなのよくないよね。泣きたいくらい好きになったら、あとがたいへんだもん。なんだか、わたしのほうが負けてるみたいだし」

倫太郎は妻の涙よりも、言葉に心を動かされていた。なにかをいおうとしたが、なにもいえずに黙って薄い肩をなで続けた。


マンションの地下駐車場に車をとめて、エレベーターでうえにあがった。ふたりとも欲望に酔ったようだった。車をおりるまえにキスして、エレベーターのなかでキスして、共用の外廊下でも人影がないことを確かめてキスをした。

倫太郎のペニスは痛いほど硬直している。早季子もショーツの底が重く感じられるほど濡れていた。玄関の鍵を開け、まっすぐに奥のリビングにむかった。明かりはつけない。火のついた服でも脱ぐように、倫太郎と早季子は手早く裸になった。

「もう、ほんとに我慢できないよ」

早季子が泣きそうな顔でソファに倒れこんだ。夫にむかって腕と脚を開いていた。倫太郎は最後に靴下を脱いで、早季子に重なった。なんの抵抗もなくペニスが妻の身体のなかに収められていく。本来の場所に帰ってきたような気がした。最初に早季子の奥に着くまえに、倫太郎はちいさく叫んでいた。

「ダメだ。もうぜんぜん我慢できない」

夫の腰をしっかりと抱き締めて早季子も叫んだ。

「わたしもいくよ。いっしょに……」

倫太郎と早季子のその夜最初のエクスタシーは、いつまでも消えない花火のように夜のリビングに高々とあがった。そのあとふたりは裸のまま親密に言葉を交わし、またセックスすることになるだろう。入浴と夜食の合間にも何度もつながるだろう。朝方、幸福とエクスタシーで疲れ切って眠りにつくまで、ふたりは身体と言葉をつかい経験を分けあった。

# 刀と鞘《さや》

睦月影郎

一

（あの男、何か変だ……）

兵輔《ひようすけ》は、道場の隅《すみ》に座り込み、肩で息をしている如月雪麿《きさらぎゆきまろ》を見て思った。十八と言うことだが小柄だし、姓名も偽りのようだ。

しかし剣術を習おうという若者が少なくなった昨今、老師範は束脩《そくしゆう》さえ滞りなければ素性《すじよう》が定かでなかろうが偽名だろうが、どんどん入門させた。

しかも師範は、師範代を務めている彼にこう言うのだ。

「兵輔、あまり手厳しくするな。もう戦乱の世にはなるまい。適度におだてて、門弟が長続きするようにせよ」

「はあ……」

兵輔は、情けない思いで頷《うなず》いた。

春日《かすが》兵輔は二十歳。剣術一筋に生き、いったん事が起これば殿のため、身命を抛《なげう》って忠誠を尽くそうと思っていた。

もっとも関《せき》ヶ原《はら》の合戦から百年経《た》った今日、元禄《げんろく》十三年（一七〇〇）ともなると天下泰平。戦乱の気配《けはい》はなく、まして城も持たぬ北関東の小藩ともなれば、日々の生活をするのがやっとだった。

兵輔も、藩の小普請方《こぶしんがた》の三男坊に生まれ、ろくな仕事もないまま剣術に明け暮れ、良い養子先に巡り会うのを待つばかりなのだ。

他の門弟も、有り余った力を剣にぶつけると言うより、武士の嗜《たしな》みとして少々かじる程度。腹が減るだけ無駄だとでも思っているのかもしれない。

だが、そんな門弟たちの中で、如月雪麿は違っていた。浪人らしいが見目麗《みめうるわ》しい優《やさ》男《おとこ》の割に、最初から剣の素養があり、しかも激しくぶつかってくる。

入門して半月ばかりになり、他の門弟が嫌がるので、もっぱら兵輔が相手をしているが、いくら足をかけて倒し、羽目板《はめいた》へぶつけても必死に立ち上がり、袋竹刀《ふくろしない》を構えて懸命に立ち向かってきた。

（親の敵《かたき》でも討《う》とうとしているのか……）

兵輔は思った。やがて呼吸を整えた雪麿が立ち上がり、また彼の前へ来た。

「もう一度お願いします！」

凛《りん》とした声で言い、袋竹刀を構えてきた。

「おう」

兵輔は答えて対峙《たいじ》した。他の門弟は、もう三々五々帰りはじめ、師範代の稽古《けいこ》を見ていこうという者もないようだ。

身の丈《たけ》が五尺八寸（一七五センチ強）ある兵輔と向かい合うと、五尺（一五一センチ強）そこそこの雪麿は子供のようだ。

それでも充分な気迫を持ち、雪麿は突きかかってきた。

軽く右にさばいて胴を打ち、肩に袋竹刀を当てて引き倒した。雪麿は転がりながらも顔を歪めて立ち上がり、また元気よく立ち向かってきた。

（どうも変だ……）

稽古しながら、兵輔はまた思った。

変というのは、謎の素性のことではない。

（こいつ、女ではないか……？）

そう思いはじめたのである。

総髪《そうはつ》を髷《まげ》にせず、後ろで束《たば》ねて垂《た》らし、稽古のあとも皆と一緒に井戸端で水浴びをしない。どうも稽古着の下には晒《さら》しが巻いてあるようだ。

袋竹刀で叩《たた》いても、手に伝わる弾力が妙に柔らかで、しかも汗や吐息《といき》の匂《にお》いも何やら艶《なま》めかしいではないか。

兵輔に衆道《しゅどう》の気はないが、どうにも雪麿が気になるのである。

やがて雪麿は床に倒れ込み、もう立ち上がれないほど息が上がっていた。

「今日はこれまで」

兵輔は言い、もう雪麿以外誰もいない道場を出ると、手早く稽古着と袴《はかま》を脱いで井戸端で身体《からだ》を流し、着替えた。

そして気になって道場の様子を見ると、もう雪麿も立ち上がり、ふらふらになって帰るところだった。

兵輔は、そっと後をつけはじめた。

道場を出ると、しばらくは武家屋敷が続き、長い塀《へい》が入り組んでいる。

刻限は八つ半（午後三時頃）、あちこちの庭先に咲きほころぶ梅の香《か》に混じり、先を歩く雪麿の甘い匂いが春風に乗ってほのかに感じられた。

どこに住み、どんな暮らしをしているのか他の門弟が訊《き》いても雪麿は何も答えないという。しかし今は精根尽《せいこんつ》き果て、十間（約十八メートル）ほど後から来る兵輔の存在には全く気づいていないようだった。

やがて武家屋敷がとぎれ、商家の家並みに入ると、雪麿は裏路地から木戸を抜け、一軒の仕舞屋《しもたや》に入っていった。

二

兵輔は、意外な思いで佇《たたず》まいを見た。表通りに回ってみると、そこは小間物問屋《こまものどんや》だ。

（大店《おおだな》の離れか……）

雪麿が入っていったこぢんまりした家は、その店の母屋《おもや》の裏手にあり、独立した建物である。

そして間もなく、雪麿が出てきて、双方の家の間にある井戸端で稽古着を脱ぎ、胸にきつく巻いた晒しを解きはじめた。

すると、形良い膨《ふく》らみが二つ、弾むように現れた。

（やはり……）

兵輔は息を呑み、目を見張った。女の裸を見るのは初めてなのだ。

「はっ……！　春日様……」

気づいた雪麿が、解いた晒しで胸を隠して立ちすくんだ。

兵輔も覚悟を決め、木戸を開けて裏庭に入っていった。雪麿は胸を押さえたまま、ぱっと家の中に入ってしまい、兵輔もそれを追って続いた。

「待て、如月。後をつけたことは詫《わ》びるが、女の入門を許した覚えはない」

座敷に上がって言うと、彼女は隅で背を向け、道場での気迫もなく俯《うつむ》いていた。白い背が汗に濡れ、室内に籠《こ》もる匂いも甘ったるく悩ましかった。

座敷にあるのは畳《たた》まれた布《ふ》団《とん》と文机《ふづくえ》のみの殺風景な部屋だ。

「事情を聞かせてくれ。如月雪麿とは仮の名だな？　本当は何という」

「雪……」

少し間をおき、彼女が下を向いて身を縮めたまま小さく答えた。道場では、わざと低く男に似せた声音《こわね》を出していたが、今はか細い女の声だった。

「そうか、雪というのか。男姿で剣術を習うにはわけがあるのだな」

兵輔は言い、自分の羽《は》織《おり》を脱いで彼女の裸の背中にかけてやった。

「それは敵討ちか？　いや、詮《せん》索《さく》するつもりはないが、お前の必死さに、そうしたものを感じたのだ。出来るものなら、事情を聞いて力になってやりたい」

「助太刀《すけだち》願えますか。どんな相手でも」

雪が、背を向けたまま言った。

「ああ、事情によっては」

「ふふ……」

「うん？　何がおかしい」

兵輔は、肩を震わせて笑う雪に言った。

「私の敵は、大崎幸光《おおさきゆきみつ》」

「なに！　と、殿を……？　どういうことだ」

彼は目を丸くし、雪に詰め寄った。

大崎幸光は、五十になる我が大崎藩の藩主だ。幸秀《ゆきひで》という十八になる男子がいて、間もなく跡目《あとめ》を継がせることになっている。

「母は陣屋で側室《そくしつ》をしていました……」

やがて雪が、訥々《とつとつ》と話しはじめた。

雪の母、美代《みよ》は孤児で、この小間物問屋で働いていた。それが行列中の幸光の目に止まり、陣屋で奉公することになった。

そして懐妊《かいにん》したが、産まれたのは女子だったため暇を出された。折しも、他の側室が男子を産んだせいもある。その男子が、のちの幸秀である。

美代は、雪が藩主の子だということを秘匿《ひとく》せよと厳命された。折しも、陣屋に剣術指南役《しなんやく》として抱えていた流れ者の武芸者、皆月十馬《みなづきとうま》が病《やまい》に伏していたので、それも厄《やっ》介払《かいばら》いとして追放し、雪は、その十馬の子だということにするよう言われたのだった。

美代は、産まれたばかりの雪を連れて戻り、哀れに思った小間物屋が離れに住まわせてくれた。

美代は再び働きはじめたが、雪が十二のときに病死した。雪も女中として働いたが、人目を忍んでは、山の掘っ立て小屋に住んでいる十馬を訪ね、剣術を教わった。

十馬も、離れに住むよう誘われたが遠慮し、病も癒《い》えてきたので畑を耕して細々と生きていたのだ。もっとも、十馬は病み上がりなので立ち合いはせず、もっぱら木剣の振り方を教え、傍《かたわ》らで見ていただけのようだった。

雪に、ある程度剣の素養があったのは、そのせいだったのだ。

その十馬も昨年暮れに死に、雪は男装をして道場に通いはじめたのである。

「間もなく鷹狩《たかが》りが行われましょう。その折にでも斬り込みます」

「しかし、お前は殿の子ではないか。父を討つなど……」

兵輔は、雪の話に衝撃を受けながら言った。

「人を物のように扱う男は、父でも藩主でもない。主君への忠節で止めるなら、ここで私をお斬りください、春日様！」

雪が、こちらに顔を向けて言った。

はらりと羽織が落ち、清らかな乳房が見えると、兵輔は何も考えられなくなり、いきなり彼女を抱きすくめていた。

三

「な、何を無体《むたい》な……！」

兵輔の太い腕の中で、雪がもがいて言った。

「お前の腕では、殿の近くへ行く前に斬り捨てられるだけだ。それでは母が悲しもう。まして、この慈悲深い店の者にも罪科が及ぶぞ」

彼は言い、雪の甘ったるい体臭と、湿り気ある甘酸っぱい息の匂いを嗅《か》ぎながら激しく勃起《ぼっき》してきた。

「そ、それでも……」

「意味のないことだ。過ぎたことなどより、これから幸せに生きることを考えろ」

「そのような、月並みな説教など、ウ……！」

いきなり唇《くちびる》を塞《ふさ》がれ、雪が眉《まゆ》をひそめて呻《うめ》いた。

兵輔は柔らかく清らかな感触を味わいながら、雪の乳房にも触れた。

「ああッ……！」

雪がビクッと震え、口を離して喘《あえ》いだ。

「私と江戸へ行かぬか」

「え……？」

兵輔が言うと、雪は身を強ばらせて聞き返してきた。彼も、思わず口をついて出た言葉だが、それは単なる思いつきではなく、かねてから考えていたことだった。

ぬるま湯のような今の暮らしでは、先の見込みもない。どうせ厄介者の三男坊なら広い世界へ出て、本気で自分の剣術を試したかった。

「雪も、いつまでもこの土地にいるから、過去に縛られるのだろう。身寄りもないのだから、ともに江戸で新たな暮らしをしよう」

「そ、そんな、急に言われても……」

雪は戸惑いながらも、彼の真摯《しんし》な眼差《まなざ》しに僅《わず》かにしろ心を動かしたようだった。

「私はまだ情交を知らぬ。お前もそうだろう。してみて互いに心地よかったら、こちらを選んでくれ」

兵輔は言い、手を伸ばして布団を敷き延べ、そこに雪を横たえて袴《はかま》を引き脱がせた。

「アア……」

たちまち一糸まとわぬ姿にされて喘ぎながらも、雪は毒気を抜かれたように拒まなかった。兵輔も脇差《わきざ》しを抜いて置くと、手早く袴と着物を脱ぎ、下帯《したおび》まで取り去って全裸になった。

添《そ》い寝し、あらためて唇を重ねて舌を差し入れると、少しためらってから雪も歯を開き、舌を触れ合わせてくれた。

兵輔は果実臭のかぐわしい息を嗅ぎながら舌をからめ、とろりとした生温かな唾液に濡れた舌を舐《な》め回した。

そして心ゆくまで、初めて触れた女の唾液と吐息を吸収してから口を離し、汗ばんだ首筋を舐め下り、初々しい桜色の乳首に吸い付いていった。

「アアッ……！」

雪が顔をのけぞらせて喘ぎ、胸元や腋《わき》から甘ったるい汗の匂いを漂《ただよ》わせた。

兵輔はこりこりと硬くなった乳首を唇に挟《はさ》み、顔中を柔らかく張りのある膨らみに押しつけて感触を味わった。

形良い膨らみには、きつく締め付けた晒しの痕が残り、肌は透けるように白く滑らかだった。

彼は両の乳首を交互に吸っては舌で転がし、さらにジットリ汗ばんだ腋の下にも顔を埋《うず》め、濃厚な女の匂いで鼻腔《びこう》を満たした。和毛《にこげ》の感触も心地よく、彼は胸一杯に雪の体臭を吸い込み、柔肌を舐め下りて股間《こかん》に移動していった。

「あッ……! いけません……」

股間に顔を潜り込ませると、雪がビクリと身じろいで言った。

「全てを知りたいのだ。さあ力を抜いて」

兵輔は言い、腹這《はらば》いになって雪の股間に鼻先を迫らせた。ぷっくりした丘には若草が淡く煙《けぶ》り、丸みを帯びた割れ目からは僅かに桃色の花びらがはみ出していた。

そっと指で開くと、

「あう……!」

触れられて、雪が呻いた。中は綺麗《きれい》な柔肉で、細かな襞《ひだ》の入り組む陰戸《ほと》の穴と、包皮の下からは光沢あるオサネが顔を覗《のぞ》かせているのが見えた。

「こうなっているのか……」

「い、いや……、恥ずかしい……」

彼の熱い視線と息を感じ、雪が悩ましい匂いを揺らめかせて喘いだ。

堪《た》まらずに兵輔は彼女の中心部に顔を埋め込み、柔らかな茂みの隅々に籠もる熱気と湿り気を嗅いだ。

「ああッ……！　駄目、そのようなこと……」

舌を這わせると、雪が滑らかな内腿でむっちりと彼の顔を締め付けてきた。

兵輔は、かぐわしい女の体臭で鼻腔を満たしながらオサネを舐め、さらに脚を浮かせて尻の谷間にも舌を這わせた。

「アアーッ……！」

前も後ろも念入りに舐め回していると、やがて雪は声を上ずらせて硬直し、間もなく気を遣《や》ったようにグッタリしてしまった。

四

「何だか、身体が宙に舞うようでした……」

ようやく呼吸を整えると、雪が小さく声を震わせて言った。

「では、気持ち良かったのだな」

「ええ……、でも恥ずかしい……」

雪が甘えるように添い寝し、兵輔は彼女の手を取り、そっと強ばりに導いた。

彼女も物珍しげにやんわりと握り、やがて好奇心を湧かせたように身を起こして顔を寄せてきた。

「なんと大きな……、これが入るのですか」

雪が驚いて言い、なおも無邪気に幹やふぐりに触れると、兵輔は初めて人に触れられた快感に身悶《みもだ》えた。

「心地よいのですね……」

雪は、彼が感じるのが嬉しいらしく、次第《しだい》に積極的に愛撫し、とうとう先端にしゃぶり付いてきた。

「ああッ……！」

兵輔は、驚いたように声を上げた。こんなにも狼狽《ろうばい》するのは初めてである。美しい女が、しかも清潔な口に一物《いちもつ》を含むなど信じられなかった。

しかし雪は、自分が心地よかったお返しをするように熱い息を股間に籠もらせ、上気した頬《ほお》をすぼめて吸ってくれた。内部では舌が蠢《うごめ》き、たちまち張りつめた亀頭《きとう》が美女の清らかな唾液に温かくまみれた。

「い、いけない。漏らしてしまう……」

兵輔は、暴発して彼女の口を汚してしまう前に股間を引き離し、雪を再び仰向《あおむ》けにした。

そしてのしかかり、ぎこちなく股間を押し進め、先端を陰戸にあてがった。しかし、なかなか位置が定まらない。

すると雪が僅かに腰を浮かせ、指を添えて誘導してくれた。

そして腰を突き出すと、いきなり亀頭がヌルリと潜り込み、あとは吸い込まれるように滑らかに根元まで納まっていった。

「アアッ……!」

深々と貫かれ、雪が身を反らせて喘いだ。

兵輔も、美女の温もりと感触を味わいながら、必死に暴発を堪《こら》えて股間を押しつけ、ゆっくりと身を重ねていった。

雪が、支えを求めるように下から両手を回してしがみついてきた。

きつい締まりと肉襞の摩擦が彼を包み込み、少しでも動いたら果てそうだった。

兵輔は彼女の肩に腕を回し、肌を密着させた。乳房の奥からは雪の鼓動が感じられ、さらに陰戸の奥からは熱い脈動が一物に伝わってきた。

男と女が一体となるとは、何と素晴らしいことかと思った。まさに、自分の居場所はここなのだと実感し、刀と鞘《さや》の反《そ》りが合うとはこのことなのだと思った。

「痛いか……」

「ええ、でも大丈夫です……」

囁《ささや》くと、雪が健気《けなげ》に答えた。

やがて兵輔は我慢できなくなり、そろそろと様子を見るように腰を突き動かしはじめた。すると何とも心地よい肉襞の摩擦刺激に包まれ、次第に生娘《きむすめ》への気遣いも忘れて、勢いをつけて律動してしまった。

「ああッ……!」

雪が両手に力を込めて喘いだ。

兵輔は、柔肌の温《ぬく》もりと感触、雪の甘酸っぱい芳香《ほうこう》の息を感じながら、たちまち昇り詰めてしまった。

手すさびは毎晩のようにしているが、この快感はその何百倍もあった。

「く……!」

突き上がる絶頂の快感に呻き、兵輔はありったけの熱い精汁《せいじゅう》を、勢いよく雪の柔肉の奥へほとばしらせた。

「ああ……」

雪も喘いだが、まだ快感には程遠いだろう。しかし彼の快感が伝わったように締め付け、股間を跳ね上げてきた。

兵輔は心おきなく最後の一滴まで出し尽くし、満足げに動きを止めて力を抜いていった。

雪も痛みが麻痺《まひ》したように四肢《しし》を投げ出し、荒い呼吸を繰り返していた。彼は雪の温もりと、かぐわしい息を間近に感じながら、うっとりと快感の余韻に浸《ひた》り込んだ。

「明日にも、江戸へ旅立とう」

「私は、まだご返事していません……」

兵輔が重なったまま囁くと、雪はまたキュッと締め付けながら小さく答えた。

「明朝、迎えに来るから支度《したく》を調えておいてくれ」

「なんて強引な……」

雪は答えながらも、心から拒んでいない様子なので兵輔は明るい気持ちになった。

いささか慌《あわ》ただしいが、旅立ってしまえば覚悟も決まるだろう。諸所へは、後から手紙を書けばよい。

兵輔は希望に胸を膨らませ、また雪の内部で回復していったのだった。

# シンプルな関係

小手鞠るい

夫はわたしに、結婚生活の喜びを与えてくれた。

八年前の春、父の知人を介したお見合いで出会って、何度かデートを重ね、秋には結婚式を挙げ、ハネムーンはカナダへ。その年の終わりにわたしは身籠《みご》もり、翌年には、信じられないくらい可愛《かわい》い娘を授かった。

わたしはその時二十九歳、夫は四十一歳。

夫の喜びようときたら、それはもう、尋常なものではなかった。夫には離婚歴があったが、子どもはいなかった。彼は子どもが欲しくてたまらず、前の奥さんはどうしても欲しくなかった。それが、離婚の原因のひとつだったと聞いている。

夫はたちまちわたしよりも娘に夢中になった。赤ん坊の頃にはミルクを与え、おむつをかえ、あやし、寝かしつけ、成長してからも、ごはんを食べさせ、洋服を着せかえ、一緒に遊び、お風呂にも仲良く一緒に入り、絵本も読み聞かせてやり。家事にも育児にも積極的なマイホームパパ。酒も煙草《たばこ》も好まない健康第一主義者。勤め先は同族会社だから、地位と収入も安定していて、経済力にはなんの問題もない。わたしにとってはまさに、優等生の夫といえる。

これ以上、夫に何を求める?

何も求めない。

ただ、わたしのそばにいてくれるだけでいい。娘と一緒に。

娘はわたしに幸福を、親になるということの喜びを、与えてくれた。

彼女はもうじき、小学生になる。少しずつ生意気になってくるけれど、まだまだ可愛い盛りがつづいている。「目のなかに入れても痛くない」という言葉は的を射ている、と、娘の姿を見るたびに思う。まるでキューピッドのような寝顔。まるで妖精《ようせい》のような立ち居振る舞い。笑顔も、泣き顔も、怒った顔も、食べてしまいたくなるくらい、ふるいつきたくなるくらい、愛くるしい。親馬鹿だとわかっていながら、娘の一挙一動にふつふつと幸せを感じるし、全身に親としての愛情が漲《みなぎ》ってくるのを自覚する。

毎朝、毎晩、起きた時と寝る前に、神様に感謝する。「わたしたちに、こんなにも幸せな家庭と可愛い娘を授けて下さって、ありがとうございます」と。

これ以上、人生に何を求める？

先生を――

わたしは求める。

静かに、ひそかに、時には、激情にかられて。

求める。先生なしでは生きていけないと、泣きながら、乞う日もある。先生の許しを、先生の慈愛を、先生の命令を、わたしは求める。

わたしに、結婚生活の愚かさと哀しみを教えてくれる、先生。

わたしに、愛することの苦しみと痛みを与えてくれる、先生。

先生はある日、わたしを見つけ出し、わたしを選びとり、わたしに「世界」を見せてくれた。その世界にはいつも、先生とわたしのふたりきりしかいない。

悲しみも、苦悩も苦痛も葛藤《かっとう》も、それらが激しければ激しいほど、自分が人間であることを忘れてしまえるほどの快楽が得られるということを、会うたびに、先生はわたしに知らしめてくれる。言いかえると、真の快感を得るためには、大量の涙を流し、これでもかこれでもかと襲いかかってくる責めのような苦しみに、耐えなくてはならない、ということだ。たったひとりで、裸で。

生きていることの幸福と不幸と、希望と絶望と、安らぎと不安と、解放と束縛《そくばく》と、優しさと残酷さを、あますところなくわたしに味わわせてくれる先生は、愛の達人。そしてわたしは、先生の愛人――愛の施しを受ける人。

わたしたちは、結ばれている。愛する、愛されるという「行為」によって、分かちがたく。いや、つながれている、というべきなのか。首輪と鎖で。もちろん、わたしが先生に、ということなのだけれど。

先生とわたしのあいだには愛、だけしかない。深く愛し合っているけれど、これは恋愛、ではない。そんな、幼稚で、ややこしく、湿り気があって、暑苦しいことには、先生もわたしも興味がない。わたしたちの場合、「愛」は「肉体」と置き換えてもいいだろう。平たく言えば、体だけの関係。実にシンプルな、実に美しい、実に潔《いさぎよ》い関係なのだ。

人がこの関係を不倫と名付けようが、不道徳で破廉恥《はれんち》でふしだらだと眉《まゆ》をひそめようが、わたしにはいっこうに気にならない。わたしと先生の関係は、誰にも理解できないと思うし、されたくもない。

「ねえ、ママは？　ママは一緒に来ないの？」

「うん、ほら、ママはきょうは、フランス語のお勉強があるから。だからパパとふたりで行こうね。ジェットコースターにも乗ろうね。観覧車にも、くるくるまわるコーヒーカップにも」

「お馬さんは？」

「乗ろう乗ろう。パパも乗るよ」

開け放たれた居間の窓から流れてくる春風に乗って、父と娘の会話が聞こえてくる。

毎週、土曜日の午後、わたしはフランス語教室に通っている。その「教室」でわたしは先生から、厳しいレッスンを受ける。生徒はわたしひとりだ。最初の頃は七、八人いたのだけれど、先生の授業があまりにも厳しかったせいか、次々にやめていき、気がついたら、わたしだけになっていた。

「ママ、お弁当できた？」

夫の問いかけに、わたしはふり返って答える。

「できたわよ。あなたのお気に入りのサンドウィッチ」

パン粉と乾燥ハーブをまぶして黄金色《こがねいろ》に焼き上げたサーモンに、バジルの葉っぱと胡桃《くるみ》とガーリックとパルメザンチーズとオリーブオイルをミキサーで混ぜ合わせてつくったペスト・ソースをたっぷりのせ、うすくスライスしたオレンジと一緒にライ麦パンに挟んだサンドウィッチと、茹《ゆ》でた小海老《こえび》とセロリとパセリをマヨネーズであえたサラダを、薄切りにしたトマトとアボカドと一緒にフランスパンに挟んだサンドウイッチ。食べやすい大きさに切り分け、彩《いろど》りよく容器に詰め込んだあと、娘の好きな熊《くま》のプーさんのお弁当袋に入れる。

「おお、なんと二種類も。豪勢だなぁ」

「デザートはりんごとフルーツケーキ。魔法瓶《まほうびん》にはあたたかい紅茶を入れておいたから、ジュースが欲しかったら売店で買ってね」

わたしは、娘の着替えや夫の外出の準備を甲斐甲斐《かいがい》しく手伝い、マンションの地下にある駐車場までふたりと一緒に降りていき、エプロン姿のまま、

「行ってらっしゃい、楽しんできてね」

と、満面の笑顔で見送る。ちぎれんばかりに手をふって。

それからエレベーターに乗って、ふたたび八階にある自宅までもどると、いそいそと自分の身支度を始める。クローゼットのなかから、洋服を何枚か取り出して、ベッドの上に広げてみる。浮き浮きしている。両足が二、三センチ、床から浮き上がっているような気がする。

きょうは何を着ていこう？　どの洋服を、どんな下着を、先生の手で脱がされた

い？

シンプルでエレガントな装《よそお》いを、先生は好む。色は、白か黒かグレイか紺。たとえば、就職説明会にやってくる女子大生が着るような、かちっとしたビジネススーツとか、まるで社長秘書みたいに見える、白いブラウスに何の変哲もない紺色のタイトスカートとか、クラシックのコンサートで、その他大勢の演奏者が着ているような黒いワンピースとか、そんなようなファッション。だけど、あくまでも清楚《せいそ》な装いの下には、複雑で奇妙な形をしたパンティや、取りはずすのが難しいブラジャーなんかをつけているのが、先生はたいそうお好き。もちろん、わたしも。

あれこれ迷った末に、セーラーカラーの紺色のジャンパースカートに、淡いピンク色のブラウスを合わせ、首からは、去年のクリスマスプレゼントに先生から贈られた真珠のネックレスを掛けることにした。下着は、総レース。非常に下品で、エロティックなショッキングピンク。カタログショッピングで、アメリカから取り寄せた。普通の下着屋さんでは絶対に売られていないデザインだ。大切なところがちっとも隠せない。穴がいっぱいあいている。身につけたあと、全身が映る鏡の前に立ち、自分の姿を見ているだけで、わたしはだらしなく濡れてくる。

「人生を豊かにするのは、想像力と創造力。そして好奇心と冒険心」

いつだったか、先生が言っていた言葉を思い出す。

真実だな、と、あらためて思う。


短大でフランス語を教えるかたわら、執筆や講演の仕事も引き受けている先生のオフィスは、銀座のはずれにある。そこがわたしの通っている「教室」でもある。先生の大好きな柳の並木のある通りから、一本奥に入ったところ。

午後三時ちょうどに、わたしは、ビルの五階にあるオフィスのドアの前に立っている。先生は時間に神経質だ。午後三時に五分遅れても、早くても、先生は許してくれない。だから、早く着いた時には、ドアの前で三時になるまで待つようにしている。

コツコツコツ、と三回ノックしたあと、合い鍵を使って、扉《とびら》をあける。何度経験しても、胸がふるえる瞬間だ。まるで、プリンをお皿に移した時みたいに、わたしの体のなかで、内臓がゆらめくのがわかる。

オフィスのなかに入って、いつものように、ドアに鍵とチェーンを掛ける。先生はたいてい、窓際のデスクの前に座って、わたしの姿をじっと眺《なが》めている。立ち上がって、わたしに近づいてきて、抱きしめてくれることもある。

きょうはデスクの周辺に、先生の姿はない。ということは、先生は奥の休憩室にいる。そこには、背もたれを倒すとベッドになる長椅子《いす》が置かれている。ああ、先生はすでにそこにいるのだ。わたしがこれからレッスンを受ける場所。

軽やかなハイヒールの靴音を響かせて、わたしはその場所へと向かう。

アコーディオンカーテンのすぐ前まで来た時、わたしの足音は突然、凍りつく。

誰かがいる？

先生のほかに、誰かが？

カーテンの襞《ひだ》の向こうから、かすかに声がする。先生の声ではない。甘く、鼻にかかったような、女の人の声。その声は、明らかに、喘《あえ》いでいる。喘ぎながら「もっと」と懇願《こんがん》している。聞き覚えがある。そう、その声は先生に抱きしめられ、キスされている時のわたしのそれに生き写しだ。

いったい誰なの？

先生は、誰と？

カーテンのすきまから、おそるおそる覗《のぞ》いてみる。案の定、長椅子の上でふたりの人間がもつれ合っていた。先生と、先生に抱きしめられている若い女の子。目をぎゅっと閉じて、彼女は先生の口づけに耐えている。

先生、先生、どういうこと？

声にはならない声で、わたしは叫ぶ。

先生、何をしているの？　その人は、誰なの？

ショックのあまり、その場に崩れ落ちてしまいそうになっているわたしに、凛《りん》とした、先生の声が降りかかる。

「そんなところで、何をしているの？　早くいらっしゃい。こっちへ」

「はい」

がくがくしている膝《ひざ》に力を入れ直し、わたしは「向こう側」へと足を踏み入れる。

「あっ」

わたしが声を上げるのと、先生が「しーっ」と言ったのは同時だった。

「驚かないで。何も心配しなくていいのよ。この人はわたしたちの仲間よ。すごく賢くて『いい子』だから。きょうは三人で仲良く遊びましょ」

声を上げてしまったのは、先生の両腕のなかに包み込まれていた女の人が、あまりにも綺麗《きれい》で、まぶしかったから。内側から光を発しているような首筋の肌。どんな汚《けが》れも知らないように見える、つぶらな瞳。きっとまだ十代か、二十代の初めくらいに違いない。

先生に促されて、彼女は、ほんの少しだけ乱れていた髪の毛と衣服をととのえた。

男の子みたいな短い髪の毛。優雅な体の曲線が浮き出ている、黒のミニドレス。わたしには到底、着こなせない洋服。淡いブルーのシルクのスカーフは、先生からの贈り物？

「この子はね、ジュエリーデザイナーなの。美しい宝石が大好き、なのよね？」

そう言って、先生は彼女の頬《ほお》にそっと口づけた。彼女は何も言わないで、ただ微笑《ほほえ》みだけを先生に返した。「何もかも、わかっています」と言いたげな笑みだった。これからここで起こることは、何もかも。

それから先生は、ぞっとするほど冷たい声でわたしに命令した。

「さ、まず着ているものを全部脱いで。何もかも、全部よ」

そのあとに、いつもの優しい声。

「今からわたしたちが、あなたの体を飾ってあげる」

わたしはふたりの目の前で生まれたままの姿になり、長椅子の上に横たわる。ふたりは洋服を着ていて、わたしだけが裸——真珠のネックレスだけは、そのまま。それだけで、わたしは軽く昇り詰めてしまいそうになる。

「鳥肌が立ってるじゃない？　寒いの？」

「少しだけ」

「我慢してね。そのうちすぐに、あたたかくしてあげるから。ううん、やけどしそうなくらい熱くしてあげる。その前に、あなたの好きな目隠しをしてあげましょうね」

先生の声を追いかけるようにして、女の子の両手が伸びてくる。わたしの両目は柔らかなシルクのスカーフで覆《おお》われる。目隠しをされたまま、先生から手渡されたグラスを受け取って、お酒を飲む。たぶん血の色をしたワイン。一杯、二杯、あと半分。先生はわたしの限界を知っている。

「さ、これで準備はできたわね。どこから飾ってあげましょう。まず、この真珠の首飾りは、ここじゃないわね。首から外して、正しい場所につけてあげて」

先生の声、女の子の両手、女の子の指先、真珠の粒のひんやりした感触。それらのすべてがわたしの皮膚《ひふ》を粟立《あわだ》たせる。

「次は指輪よ。たくさんはめてあげましょうね。この指にも、この指にも。さ、指を広げて。もっとちゃんと広げて」

両手両足の指を広げたわたしの顔からは、火が噴き出しそうになっている。

「イヤリングは、ここね。ちょっと痛いかもしれないけれど、そう、そう、すごく可愛くなったわね。落ちないように、もっときつくしなくちゃ」

胸の痛みとは裏腹に、体の中心から、泉のようにわき出してくるものがある。

「じゃあ、ブレスレット。ブレスレットは、腕に巻くものじゃないのよ。それはここにこうして飾るものなの」

思わず息を止め、金属の玉の輪を、わたしは受け入れる。

「素敵、素敵、とっても素敵よ。でも片方だけじゃ、足りないわね。もうひとつ、欲しがってるようね」

押し込まれる。無理矢理に、もうひとつ。途中からは、するりと入る。

「さて、ピアス。ダイヤモンド？　これは、どこがいいかしら？」

刺される。尖《とが》った針の先で、容赦《ようしゃ》なく。

「このペンダントは、どこにする？　困ったわね。こんなに大きいんだもの。どうする？」

先生の問いかけに、女の子がくすくす笑う。裸の体に、貴金属だけを纏《まと》ったわたしは、甘い苦痛に顔を歪《ゆが》めながら、焦げ茶色の革張りの長椅子の上で、まるで殻《から》を剝《は》がれた蓑虫《みのむし》のように蠢《うごめ》いている。

「じゃあ、当てっこしましょうか。ね、これはなぁに。あなたのここに、ほら、こうして、ぎゅっとはめてあげる。さあ、これはなんでしょう？」

「ああ、それは、それは、それは……」

当たるとご褒美《ほうび》がもらえる。わたしの好きな裁縫箱《さいほうばこ》のなかから。でも、はずれたら懲罰《ちょうばつ》が待っている。先生の大好きなベルトと実験器具。最後は治療とお手当てが待っている。わたしたちの大好きな救急箱。

「どうしたの？　もう、やめて欲しいの？」

「いいえ、もっと、して下さい。欲しいです。でもその前に」

「何が欲しいの？　こんなにたくさんつけてあげたのに、まだ足りないの？」

「せんせい……おねがいがあります……」

喉《のど》の奥から、絞り出すようにして、わたしは声を出す。

「どうしたの？　何がそんなに悲しいの？」

先生は優しくわたしの背中を撫《な》でながら、囁《ささや》く。

「どうしたの？　どうして欲しいの？　何が欲しいの？　もっとつけて欲しいの？　なんて欲張りなんでしょう。どこに何をつけて欲しいの？　言ってごらんなさい」

「違います、先生、わたしもう……」

我慢できない。

「我慢できないの？　駄目よ。まだまだ始まったばかりよ。本当のお楽しみはこれからじゃない？」

「先生、わたし、……行きたいんです」

「えっ、お手洗い？　駄目よ、そんなところへは、行かせてあげない。恥ずかしい子ね。かわいそうな子ね。まだ授業中なのよ。終わるまでちゃんと我慢しなさい」

「できないです、もう、限界」

「困った子ねぇ。どうしましょう。そうだ、いいアイディアがあるわ。あれを持ってきてちょうだい」

「はい」

「いい子ね。あなたはとっても物分かりがいいわ」

　先生は、てきぱきと女の子に指示を与える。ここをこう持って、ここを支えるのよ、と、わたしの腰に手をまわし、お尻を器用に持ち上げさせる。女の子はわたしの体にそれを巻き付ける。

「さ、これでいいわ。思う存分、ここでしなさい。赤ん坊になりなさい。楽になりなさい。何も心配しなくていいのよ。恥ずかしがらないで。あとでちゃんときれいに拭いて、気持ちよくしてあげるから、ね」

　あたたかい涙を流しながら、わたしはその行為に身を投じる。恥辱に満ちた行為から得られる、なんて繊細な、なんて蠱惑《こわく》に満ちた、原始的なこの快感。わたしは次第に言葉を失い、思考を失い、感情を失い、意志を失い、自分がただの肉の塊《かたまり》と化していくのを感じている。なんてシンプルな存在なのだろう。心に愛の鞭《むち》を受け、喜びに打ち震えているわたしの体は。生きるということは「耐えること」と「喜ぶこと」。わたしは、生きている。きょうもこうしてここで生きていると実感できる。

# シーラカンスの条件

南 綾子

条件だけで選んでも続かないよ、という同僚の声が、一瞬、右耳の周辺でうずを巻きながら響いた。わたしはあくびをした。すると、ずっと黙って地面に敷きつめられた落葉を見ていた昭一《しょういち》さんが、フヒッと笑ってこちらを見て、言った。「退屈？」

わたしは慌てて首を振る。そうしながら彼と最初に会ったときのことを思い出す。場所は、最近同僚と通いつめているイタリアンの居酒屋だった。そこに偶然、前の職場の上司と一緒にいたのが、昭一さんだった。クセが強くて量の多い、真っ黒い鳥の巣のようなヘアスタイル。縁《ふち》なしの恐ろしくぶ厚い眼鏡《めがね》。着ていたセーターの柄のことは思い出したくない。履《は》いていた靴の色のことはもうわたしの頭の中の消しゴムで消した。歳のわりに締まったウエストはいいな、とちょっと思った。やや鼻にかかったやわらかい声に、ほんの少しだけひきつけられたのは事実だ。大手企業研究職、年収約一千万、そう元上司が彼のことを紹介したあと、横にいた同僚がいたずらっぽい声でささやいた。条件だけで選んでも続かないよ。わかってる。同じ失敗はくり返さない。今度こそ、ちゃんと「好き」になった人と付き合うのだ。

そう心に強く誓っていたはずなのに、気づくとわたしから連絡先の交換を申し出ていた。自分で自分に驚いた。その日の朝に母から受けた「妹、二人目妊娠《にんしん》」の知らせに、自分でも気がつかぬうちに動揺していたのかもしれない。

うまくいきっこない。どうせ彼のいろいろなことに耐えられなくなる。そう思いつつ、数日後、自分から誘って最初のデートをした。場が持たなかった場合にすぐに別れられるよう、バーでお酒だけ。ところがこれが思いのほか、楽しかった。その日の彼が私服でなく無難なスーツ姿だったというのも、なにがしかの効果を発揮していたのかもしれない。ヤモリが持っているファン・デル・ワールス力《りょく》という不思議な力のこと、シーラカンスがなぜ「生きている化石」なのか、ミツバチの秘密兵器について。彼の専門は生物学ではないらしいのだけれど、生き物のことをたくさん知っていて、そしてわたしは子供のころ、虫を捕まえるのが大好きだった。

二度目のデートは彼の会社の近くでお好み焼きを食べた。三度目ははじめて休日に朝から待ち合わせて、鉄道博物館へいった。四度目はわたしの希望で江《え》の島《しま》、五度目は彼の希望で国立博物館とアメ横、そのときはじめてわたしを「藍子《あいこ》さん」と呼んでくれた、六度目は会社帰りに映画を見た後イタリアンレストランで食事、そして今日、七度目に至る。

「公園で紅葉でも見よう」と言ったのは彼だ。ここのところ仕事が忙しく寝不足のようだったので、いつもより遅めの午後二時の待ち合わせにした。

来てみると、木々はすでに多くの葉を地面に落としていた。秋の空は半分ほどがうろこ雲に覆《おお》われていて、わたしたちの真上でヘリコプターが飛んでいる。

「やっぱり退屈なんでしょ」笑顔のまま彼が言う。わたしは腰を折って、丸まった枯葉を指でつまんだ。

「退屈じゃないよ。ねえ、もう陽が暮れてきたけど、ご飯どうする？　実はさ、一度行ってみたいお店……」

「疲れてるから、外食はやだなあ」

珍しい。いつもわたしの言うことにはなんでも、いいよ、と答えてくれるのに。そもそも外食が嫌ということは、今日は食事をせずに解散するつもりなのだろうか。

「これから冷えるって天気予報で言ってたし。そうだ、今夜は僕が部屋でカレー作るよ」

急に早足になって彼が言った。その声はオペラ歌手のビブラートぐらいに激しく震彼のお姉さんにでもなったような気分で、そのもじゃもじゃ頭を後ろから見つめた。わたしはまるでつなごうとさえしない彼が、今夜どこまで進むことができるだろう。七度目にしていまだわたしの体に触れたことのない彼が、手をる決意をしたらしい。ついに、密室で二人きりになえていた。わたしは思わず笑ってしまいそうになった。

料理は全くできない、ゆで卵のゆで時間さえわからない、と嘘《うそ》をついて何も手伝わなかった。わたしがぼんやりとテレビを見ている間、彼は文句も言わずにもくもくと作業していた。二時間ほどしてやっとダイニングに呼ばれた。ビーフカレー、さつまいもとかぼちゃのサラダ。手先が器用なわりに大雑把《おおざっぱ》な彼らしい、なんというか、どでーんとした仕上がりと味だった。これなら次回は、さらに輪をかけて大雑把なわたしが作った料理を出しても大丈夫そうだ、とほっとした。

食後は彼の提案で映画を見ることにした。間接照明を一つだけ点《つ》けたリビングのソファに並んですわり、四十二インチの画面に「デッドマン・ウォーキング」(彼が持っている映画のDVDはこれだけだった) が流れはじめてすぐ、嵐のような睡魔に襲われ、目を開けているどころか、じっと座っていることさえ苦痛になった。

だから、ためしに彼の太腿《ふともも》に頭を置いてみた。

途端に、彼の全身に、きゅっと力の入るのがわかった。

足を伸ばし、つま先をソファの手すりに乗せる。この家のソファはばかでかい。頭を動かすと、後頭部に硬いものが当たった。彼のジーパンのホック部分だろう。痛いので、少し手前にずれる。

「眠いの？」ふいに彼が口を開いた。「今、何時だろう。……あ、もう十一時だ。藍子さん、終電は大丈夫？」

すっかり泊まるつもりでいたわたしは、驚いてまぶたを開いた。

「えっ。帰ったほうがいいの？　泊ってもいいんだけどなあ……迷惑？」

「そんなことない。でも、もう夜も遅いし、明日もはやいのかなと思って」

「明日は日曜だよ」

「なら、いいんだけど。うん、うん」

「じゃ、お風呂借りるね」

わたしはすばやく立ち上がり、バッグを持ってバスルームへ向かった。シャワーを浴びたあと、いつ何があってもいいよう常にバッグの中に忍ばせてある下着を着けた。バスタオルを巻いてリビングに戻ると、彼が慌《あわ》てた様子で寝室からスウェットと短パンを持ってきた。その場で着替えようとしたら、さらに慌ててバスルームのほうへ逃げた。

そのままシャワーを浴びはじめたようだったので、わたしは勝手にリビングのクッションを持って寝室に入った。

彼はなかなかやってこなかった。いっそ寝てしまおうかと思ったけれど、さすがにドキドキして頭は冴《さ》え冴《ざ》えだ。どうやってはじめるつもりだろう。ここまで超奥手だった彼のこと、相当なぎごちなさは覚悟して許してやらなければなるまい。ただ、同じベッドに入って明かりを消し、上に乗っかってくれさえすればやることはただ一つだ。案ずることはない。

頭の上で咳払《せきばら》いが聞こえた。彼がいつの間にか、寝室の入り口に立っていた。

「もう寝るの？　藍子さん」

「うん。ごめん、クッションを勝手に……」

「僕はまだ見たいテレビがあるから、先、寝てて。じゃ」

「えっ。ちょっ、ま」

体を起こすと同時に、勢いよくドアを閉められた。

闇《やみ》の中で静かにため息をつく。何度も。あれから、どのくらいの時間が過ぎたのだろう。ニュース番組を見終わったあと、彼はテレビゲームをやりはじめた。壁越しに届く軽快な電子音に耳を傾けているうち、無性にイライラしてきた。わたしは一体何をしているのか。男の部屋にきて、こんな扱いを受けることなどはじめてだ。いっそ、今からタクシーを呼びつけて帰ってしまおうかとさえ思う。

そのとき、ぷつっと、電子音が途切れた。

無音。動作の音さえ聞こえない。まさか。リビングのソファでそのまま寝てしまうつもりではあるまいか。思わず首を持ち上げたとき、寝室のドアがゆっくり開いた。

彼はその場で咳払いをした。わたしは目覚めていることを示すために体を起こし、壁側にずれた。

「起きてたんだ」

冷たい部屋に、低く硬い声が散って消える。わたしは声を出さずにうなずく。

「よっこらしょ」とわざと明るく言って、彼がベッドに入ってきた。わたしたちは並んで仰向《あおむ》けになった。

「おやすみ、藍子さん」

すう、と息を吐いて彼は目を閉じた。

まじか。

まじで寝るのか。

なんでだよ。

どういうことだよ。

「昭一さんって、童貞?」

言ってしまってから、わたしは何を聞いているのか、と我にかえった。

「ち、違うけど」

「じゃ、オカマ?」

「オ、オカマぁ? 違いますが」

「じゃあ……性病持ち?」

「…………」

「黙ってるってことは、そうだってことでいいんですね」

「違います」

「じゃあ、どうしてなんにもしないの」

この部屋はピーナッツのにおいがする。今、突然気がついた。

「もしかして、わたしがデブだから? わたしのこと本当は迷惑に思ってるんでしょ」

「そんなことない。それに君はデブじゃない」

「じゃあ何」わたしは体を彼のほうに向けた。「もしかして、わたしが病気持ちだと疑ってる？　わたし、なんにも持ってないよ。クラミジアでもないしエイズでもない。多分」

「そんなこと……」

「昭一さん、最後にセックスしたのいつ」

薄い闇の中で、彼の瞳《ひとみ》が妙にヌレヌレとしている。肌《はだ》も唇《くちびる》も乾いているから、そこだけが独立した生き物のように見える。

「えっと……三年か、四年ぐらいは」

「そんなにしてないのっ」

「ええ、まあ」彼が枕の上で頭をぐりぐりと動かすので、髪に鼻先をくすぐられてこそばゆい。どうやら照れると首を振るのがクセらしい。

「だから、やり方というか、そういうのが、よくわからないんですよ」急に敬語になった。そして、急に真顔になってこっちを見た。

「ごめんなさい」

「なんで謝るの」

「いや、別に。いい歳して情けないよね」

「年がら年中やりまくってる遊び人よりは百倍ましだと思うけど」

「面白い表現するね」

「とりあえず、こっちに体向けてよ」

彼は素直に言うとおりにした。その体から、まるで風邪《かぜ》のウイルスみたいに甘い匂いが鼻に入ってくる。

「ねえ、口開けて。……そんな大きく開けなくていい。ちょっとだけ」

上唇と下唇の間に、一センチほどの隙間ができる。わたしはすかさず、そこに自分の上唇をねじ込んだ。

背中に手を回したら、石のようにカチカチだった。焦らず、慎重に舌を伸ばす。入れてくれない。硬い。下唇を吸って、上唇をなめる。血の味がする。わたしは一旦、顔を離した。

「したくない？」

「いや、そんなことない」

今度は彼から唇を寄せてきた。触れたとき、耳に、ねちょっ、と音が届いた。薄くまぶたを開いてみたら、彼も同じように目を開けていた。

わたしの肩に触れる彼の指先が、ほんの少し震えている。思い切って体を起こし、彼の腰に馬乗りになった。そしてためらわず自分で服を脱いだ。

「そんな、びっくりした顔しないでよ。そんなにわたしの体、変？」

「い、いや、だって」

もごもご動く口を口でふさぐ。さっきより強引に舌でかき混ぜた。そうしながら、ふいうちで彼の硬さを確かめた。思わずその手をひっこめてしまったほど、そこは熱く、こんもりともりあがっていた。

わたしは体を下にずらす。彼のTシャツを脱がせ、わき腹とへその上にキスをする。右の乳首を指で押すと、フン、と鼻息の漏れるのが聞こえた。わたしは笑って、それからスウェットパンツのウエスト部分をつまんだ。

「ちょっと、待って、藍子さん」

無視して、下着ごとずりさげる。すると強引に彼が体を起こした。

「ちょっと待ってよ。そんないきなり」

「だって昭一さん、なんにもしてくれないから」

「なんにもって、だから、どうすれば」

「どうすればって、やることは一つでしょ」

「やっぱり、今夜はよそうよ」

「なにそれっ」

頭に来た。わたしは布団をかぶり、壁に体をくっつけるようにして横になった。

「したくないなら、したくないってはっきり言えばいいのに。あーあ、わたしバカみたい。据《す》え膳《ぜん》食わぬは何とかって言葉、知らないの？　これだから理系男はだめね。っていうか、もしかして昭一さんって、やっぱり……」

突然、上にのしかかられた。一瞬、首を絞められるかと思った。そうではなく、きつく抱きしめられた。苦しくて息ができない。

「気がひけて……。僕、本当、ださいやつだから。下手だし」

「好きにして。やり方なんてどうでもいいの」

「でも、ださいやつだって、君は思うよ」

首を振る間も与えられぬまま、そっと唇をふさがれた。

今度はスムーズに舌が絡《から》まる。彼の指が、ゆっくりと移動する気配。胸の上でとまった。

先端を、きゅっと強くつままれた。

「ちょっと痛いかも。もっと、そっとやって」

　彼は黙ってうなずく。そして、指の腹でやさしく、先端をこすりはじめる。わたしは下唇をかみ、そうしながら彼の空いているほうの手をつかんで、もう片方の胸に置いた。

「両方されると、気持ちいいの」

　しかし彼はその手をわたしの脇の下に添え、代わりに唇をそこに押し付けた。吸われる。体が反り返る。はあ、はあ、はあ、と息が漏れる。自分の爪《つめ》が彼の背中に食い込んでいる。舌の動きはささやかで、静かで、物足りなくて、それが余計に快感を誘う。

「だんだん、硬くなってきたよ、君のここ」

「だって」

「僕、下手じゃない？」

「あ、すごく……あ、やめないで、強くしないで、そのまま、そのまま、して、ああ」

　脇の下にあった手が、どこかに移動した。わたしは慌てた。ああ、触らないで。まだ触らないで。こんなにはやく。心の中で叫ぶと同時に、どうしてこれほど恥ずかしいのだろうと思う。

「すごいよ、すごいことになってる」

「そんなに」思わず自分で確かめた。お尻のほうまで湿っていた。

「わたし、こんなに、濡れたことない」

「嘘だ」彼が笑って言う。

「本当だよ。びっくりした。今までわたし、濡れない体質だと思ってたんだもん。本当」

「僕、何か変なボタンでも押したかな」

「急に、昭一さんがエロくなったからだよ」

言いながら、再びふいうちで彼の股間に触れた。そしてするりとスウェットと下着をずり下げた。先端が湿っている。

「今度はわたしの番」

頭をそこにうずめようとしたら、肩を強く弾《はじ》かれた。再びのしかかられ、股の間にぐりぐりと体を差し込まれた。

「何するの、ちょっと」

次の瞬間には自分の短パンが、ショーツが、宙を飛んでいた。下から見上げる彼の表情は、怒り狂った鬼みたいだ。

「どうしたの？　もう入れるの？」

言い終わらないうちに、彼が中に入ってきた。

「目をつむらないで、開けていて」

熱い息が頬《ほお》にかかる。彼がわたしのお尻を手で持ち上げている。それでも物足りなかったらしく、一旦抜くと、腰の下に枕を挟んだ。

「どうしてそんなやり方知ってるの」

彼は黙っている。再び入ってくる。

「ねえ、何か答えて、ああ」

「答えない」

「あ、ちょっと、ねえ、どうして、あ」

「もっと、足上げて」

言われたとおりにした。彼はスピードを落とす。入り口から、奥まで。ゆっくりと。わたしの一番好きなやり方。まぶたを閉じそうになって、顔全体に力を入れて耐えた。シーツを握る。そうしていないと、今にもどこかに消えてしまいそう。

「あ、ねえ、そう、そうだ、た、体勢、変えない？」

「…………」

「ねえ、体勢、かえ、ああ、あ、は、あ」

「君に主導権は握らせないよ」

「あ、だって、あ、もう、ああ、気持ちいい」

「もっと、足上げて、広げて」

「だめ、できない。だって、すぐにいっちゃうよう、ああ、すごい」

首にしがみつき、足を胴体に絡ませた。彼が耳元で「だめだ」と叫ぶ。

「足上げて、ほら」

「できないよ、だって、ああ、だめ、すごい、ああ、ああ、いきそう」

「まだ、だめだよ、我慢して」

「無理だよう、ああ、すごく気持ち……」

「あ、やばい、いく」

「えっ、マジで」

顔をつかんで引き寄せると、すでに白目をむいていた。わたしの中で一瞬、すごく膨《ふく》らんで、硬くなって、何かが放射状に散って、それからじわじわと解《ほど》けるように、わたしの上で脱力した。

重かった。でも耐えていた。長かった。彼はいつまでも動かない。

「ねえ昭一さん、もしかして、っていうか、わかってるけど、中で出した？」

「うん」

「生《なま》でしたよね」

「うん」

鳥の巣みたいな彼の髪を、手でわしわしとかき混ぜる。シャンプーと汗のにおいがした。

「わたし、ピルとか飲んでないよ。できちゃったら結婚してよね」

「うん」

「やった。年収一千万の旦那ゲット」

「あ、それ、嘘。あの人さあ、大げさなんだよな。僕みたいなしょぼい研究者が、そんなに収入あるわけないじゃないか」

そんなことはどうでもよかった。ただ今思うのは、一緒にお風呂に入ってほしいということだけだ。

# 最後の夜

阿部牧郎

薬種問屋「近江屋《おうみや》」の手代《てだい》・正七《しょうしち》は、谷町《たにまち》の路地の角に立って主人の妻・お琴《こと》の乗った町駕籠《かご》を見送った。

お琴は駕籠の垂《た》れを細目にあけて顔をのぞかせ、正七に向かって小さく手をふってからすぐに垂れをもとにもどした。

中秋《ちゅうしゅう》の夕刻である。路地の外の谷町筋《すじ》はけっこう人通りが多い。人目をいくら警戒しても警戒しすぎることはなかった。

路地の奥の待合から二人は出てきたところだ。「近江屋」は道修町《どしょうまち》でも十指に入る大店《おおだな》である。そこの内儀《ないぎ》と手代が人目をしのぶ仲だと知れたら、むろんただでは済《す》まない。待合へ入るときも出るときも、二人はいつもべつべつだった。

正七は道修町のほうへ歩きだした。

とつぜん近くの路地から丁稚《でっち》姿の若者が飛びだして、正七をさえぎった。

「正七《しょうし》っつぁん、見たぞ見たぞ。いまのお人、うちのご寮人《りょん》はんやろ。昼間からしっぽり濡れて、お疲れでしたなあ」

声変りしたばかりのドラ声である。

「近江屋」の丁稚、伝吉《でんきち》だった。年齢は十八。正七よりも七つ下である。

正七はぎくりとして足をとめた。一瞬顔色の変ったのが自分でもわかる。

「なにをいうか。いまの駕籠のおかたがどなたやったか、私は知らんぞ。見てなかった」

「嘘いうたらあかんワ。正七っつぁんは八ツ半（午後三時）ごろ『双葉《ふたば》』へ入りはった。しばらくしてご寮人はんが駕籠で到着された。一とき（二時間）ほど二人で良いことしてはりましたんやろ」

「双葉」は二人が使った待合のことだ。

「まえから私、あやしい思うてましたんや。きょうは下寺町《したでらまち》へ使いにいかされたんで、ちょうどさいわい正七っつぁんのあとをつけさしてもろた。案の定、出合いの場にゆきあわせたというわけです」

得々と伝吉はいきさつを説明した。

下寺町へ使いにいけと命じられてすぐ、正七がいまから島《しま》の内《うち》の仲買人をたずねると番頭に告げて店を出た。ほくそ笑んで伝吉は尾行し、正七とご寮人《りようにん》のお琴が前後して「双葉」へ入るのを見とどけたのだ。

ご丁寧《ていねい》にも伝吉はいそいで下寺町の用事を済ませ、「双葉」のそばへもどって二人が出てくるのを確認した。ふだんから執念深いところのある少年だった。

「伝吉。おまえがなにを見たのか知らんが、仕様もないことをふれてまわるなよ。しゃべったら私にも覚悟がある」

きびしく念を押して正七は歩きだした。

ことが明るみに出たら正七は店を追われる。それはともかくとしてお琴にどんなめいわくがおよぶかわからない。夫の近江屋重《じゆう》右衛門《えもん》は太っ腹で人望の厚い男である。それだけに怒ると怖い。かさねておいて四つに斬《き》る――はないにしても、お琴が離縁《りえん》される怖れはじゅうぶんにあった。

「わかってますがな。けど、なんやらの沙汰も――といいますやろ。正七っつぁんを当てにしても鼻紙代にしかならんやろけど、相手が近江屋のご寮人はんとなると」

「ゆする気かおまえ。ガキのくせに性悪なサル（目明《めあか》し）のまねをしやがって」

「ゆするやなんて人ぎきのわるい。わてはただご寮人はんのご厚意《こうい》を期待してる、いうだけのことですがな」

陰間茶屋《かげまぢゃや》の若衆のように伝吉は歩きながらすり寄ってくる。美少年にはほど遠いニキビ面だから気味がわるい。

「――絶対に人にいわんと約束するなら、ご寮人はんにお願いしてみてもいい。約束できるのか。伝吉」

やがて正七は口をひらいた。

いまのところほかに手の打ちようがない。

「それはもう見ザル聞かザル言わザルでいきます。私ら盆暮《ぼんくれ》以外には、給金はないも同然ですさかいな。たまには妓楼《ぎろう》へあがりたい」

「いうことだけは一人まえやな。わかった。二、三日のうちに相談してみる」

それきり口をきかず、二人は店に帰った。

お琴との仲があやしいといつ気づいたのか訊《き》いてみたかったが、そんな質問は密事《みつじ》を自白するのと同じだと思ってさし控えた。

とりあえずは金で口封じできるだろう。だが、伝吉がいつまでも秘密をまもるとはとても思えない。なんとかして黙らせる必要がある。どうすればよいのか。正七は思案にくれて、商《あきな》いの記帳もその夜は上の空だった。

正七は十年まえ、近江の守山《もりやま》村から「近江屋」へ丁稚奉公にきた。二、三年たったころ主人の重右衛門にいわれた。

「人間は牛馬やない。頭角《とうかく》をあらわそう思うたら、汗水たらして働くだけでは足らん。算用でも学問でも、他人にない特技を身につける必要がある。うちから早《はよ》うに暖《の》簾《れん》分けした者は心学《しんがく》とか儒学《じゆがく》とか音曲《おんぎょく》とか、なにかもってる者ばっかりや。それぞれの分野で人脈ができて、別家してから役に立つのや」

もっともだと正七は思った。

だが、学問も芸能のたぐいも不得手《ふえて》である。剣術を習うことにした。以来、三日に一度無念流《むねんりゅう》の町道場の早朝稽古《げいこ》に通うようになった。丁稚は早朝から拭《ふ》き掃除などをしなければならないが、剣術の稽古の日は朝の雑役などを免除されるきまりだった。

いっしょに道場通いをはじめた丁稚が二人いた。だが、日々の奉公と稽古の両立に耐えかねて数ヵ月で道場から足が遠のき、まもなく店をやめてしまった。正七はがんばって手代になり、剣術のほうも道場の席次が五十数人中の十四、五番目に昇進した。

重右衛門の母や妻のお琴が花見や芝居見物にゆくとき、二、三人の女中とともに正七はお供を命じられるようになった。ガラのわるくない用心棒として重宝されたのだ。

三年まえに重右衛門の母が亡くなり、以後はお琴のお供で花見や寺社参《じしゃまい》りをするようになった。たいてい女中が一人か二人ついてきたが、お琴と二人きりのときもあった。

夏、お琴のお供で高津《こうづ》神社へお参りにいった。夕立に会って、近くの鳥料理屋へ逃げこみ、座敷でお琴と酒をくみかわした。

お琴は酒好きである。酔って心をひらき、愚痴《ぐち》をこぼした。

夫の重右衛門には妾《めかけ》が二人いる。大店の主人として当然のことだった。地方からの客を接待するのに妾宅《しょうたく》は便利だし、宿屋代りに客を泊らせることもある。

お琴は三十代の後半。正七よりもひとまわり年上である。男の子と女の子が一人ずついた。あとつぎの息子は十五になる。

二年まえ、妾の一人に男の子が生れた。重右衛門はよろこんで二日に一度はそちらへ泊るようになった。

「子供は二人とも手がかからなくなったし、最近はいうことをきかない。亭主は留守がち。こうなると寄辺《よるべ》がないのも同然やわ」

お琴は酔った目つきになり、心地《ここち》よさそうに体をゆらゆらさせて愚痴をいった。四十に手のとどく年齢にはとても思えない。七つ八つは若く見える。色が白く、目がつぶらで、口もとに気品があふれている。

お琴は備後《びんご》町の町医者の娘だった。若いころは界隈《かいわい》の小町《こまち》といわれていたらしい。近江屋重右衛門はお琴にすっかり惚《ほ》れこんで、病気でもないのにたびたびお琴の父を呼び、

「家の釣合わぬは不縁のもと」

と尻ごみするのを口説き落したのだ。

「女はあのころが花なんやね。色褪《いろあ》せると見向きもされんようになるわ」

力なくお琴はかぶりをふった。

「滅相《めっそう》もない。なにをおっしゃいます。ご寮人さんはいまが女の盛りでおられるのに」

正七はいそいでとりなした。

お琴のお供をするのはうれしいが、半面なやましくて困る。お琴の体から噴きこぼれる色香《いろか》に酔って顔が上気しっぱなしなのだ。

「そんなん、正七の買いかぶりや。誉《ほ》めてくれるのはうれしいけど」

「いいえ、私、ご寮人さんのお供をするのはもちろんうれしいけど、それ以上に自慢なんです。どうや、こんな美しいおかたをおまもりしてるのやぞ、と道ゆく人にいうてやりとうなる」

「そんなこというたらアホやといわれるわ。目を患《わずろ》うてると思われますよ」

「いや、ちがいます。十両出すさかい、一日だけお供を代ってくれというてくる男がつぎつぎに出ます」

「なにをいうてるの。よくもまあそんな。おまえ、一見愛想《あいそ》ないけど、女の心の溶《と》かしかた、よう心得てるやないの」

お琴は笑い声をあげた。

ようやく気鬱《きうつ》からぬけだしたようだ。正七はほっとして急に酔いがまわってきた。

おまえだれか好《い》い人がいるの。だしぬけにお琴は訊いて正七の顔を覗《のぞ》きこんだ。

「いいえ、おりません。ご寮人さん以外のおなごはんは眼中にないのです」

「またそんな。本気にするやないの」

「してください。私、ほんまにご寮人さんをお慕《した》いしてるんです。生命《いのち》をくれ、いわれたらよろこんでさしあげます。いつでも」

本心だった。酒の勢いを借りて真情を吐露《とろ》した。笑われても悔《く》いはない。

お琴は笑わなかった。目を伏《ふ》せてため息をついた。やがて顔をあげてまぶしいほどの笑顔になり、正七をみつめてうなずいた。

やがて二人はその店を出て、生玉《いくたま》神社のほうへ歩きだした。もう夜である。路地の入口でお琴はよろめき、ああ酔うた、と正七の肩へもたれかかってきた。

数軒の盆屋（下級の待合）の掛提灯《かけちょうちん》が路地の両側にならんでいる。一休みしましょう。ささやいて正七はお琴の背中へ腕をまわし、一軒の盆屋へつれていった。長年の夢が叶おうとしている。現実だとはまだ思えない。

浅黄色《あさぎいろ》の暖簾をくぐると、すぐ正面に広い段梯子《だんばしご》がある。草履《ぞうり》をぬぎ、お琴を抱いたまま二階へのぼった。盆屋の者はいっさい顔を出さない。人に顔を見られたくない者が、安心して部屋へ入れる仕組みである。

廊下に面していくつか部屋がならんでいた。奥の二部屋の腰高障子《こしだかしょうじ》があいている。なかに布団が敷《し》かれ、枕が二つおいてあった。

二人は布団のうえに倒れこんで抱きあった。性急に脚をからませあう。お琴のほうから口を吸いにきた。すでに息づかいがみだれ、手足がこまかくふるえている。苦しそうだ。くちづけを終えると、お琴の歯がカチカチと鳴った。初めてよ、おまえが初めて。あえぎながらお琴は打ちあけた。夫以外の男は初めてだというのだろう。

窮屈《きゆうくつ》そうにお琴は帯《おび》に手をかける。横たわったままお琴に背中を向けさせ、正七は帯をときにかかった。帯も着物も正七がふれたこともない贅沢《ぜいたく》な品である。

淡《あわ》い桃色の長襦袢《ながじゆばん》姿になると、お琴はふっと夢からさめたようにしずかになった。よろめきながら部屋から出て段梯子をおりていった。手水所《ちようず》へいったらしい。

しばらくしてお琴はもどってきた。下帯一つであおむけに寝ている正七のうえに倒れこんできた。あらためて口を吸いあったあと、長襦袢と湯文字《ゆもじ》を正七は剝《は》ぎとる。お琴の裸身はちょうどよい工合に脂が乗り、腰はひきしまって起伏《きふく》に富んでいる。行灯《あんどん》のあかりでも肌の白いのがよくわかる。乳房を正七は吸いにいった。お琴はうっとりして、かぼそい声をあげはじめた。

舌で乳首をなぞりながら、正七はお琴の内ももの奥をさぐりにいった。あたたかい液があふれ返っている。指さきで敏感な粒をとらえると、声をあげてお琴は反《そ》り返った。指の動きにつれてお琴の腰は揺《ゆ》れはじめ、やがておさえた悲鳴とともに頂上を越《こ》える。

とつぜんお琴は正七に馬乗りになった。男のものをとらえ、体内にみちびきいれる。正七の両手に乳房をとらえさせ、腰を動かしはじめた。敏感な粒を男のものの根幹《ねもと》にこすりつけるような動きである。

じっと正七を見おろしながらお琴は動いた。まっすぐ動いたり、腰を回したりする。ときおり悲鳴をあげた。正七は男のものがお琴の体内へ深々と突き立って、お琴の体をふりまわしているような感覚を味わった。

二人とも汗まみれである。蚊《か》の羽音《はおと》がきこえたが、そんなものは気にもならなかった。

近江屋は間口十二間、二階建ての大店である。男の奉公人十五名は二階で、女の奉公人四名は台所に近い一階で寝起きする。

中庭の左右に土蔵《どぞう》があり、奥に重右衛門一家の住む二階家がある。夫婦と子供二人のほか女中二人が暮している。

重右衛門は当然朝から店へ出てくる。だが、ほかの家族も住居の女中もめったに母屋《おもや》へあらわれない。とくにお琴は商いと没交渉だった。正七と秘密の仲になってからは警戒心から、外出のお供をさせるとき以外まったく顔を合わせなくなった。

芝居見物や寺社詣《もう》でも、正七のほかかならず女中を一人か二人つれて出るようにきめていた。逢瀬《おうせ》の約束は、中庭にある地蔵小屋の奥に短い手紙をおいてとりかわした。月に三度か四度、二人は「双葉」などで落合った。

三度に二度は昼間の出会いである。夜に会うのは、重右衛門が確実に外泊するとわかっている日にかぎられていた。

伝吉にゆすられた日の夜、正七はいきさつをかんたんに書いて地蔵小屋においた。あくる日お琴から返書があり、あす八ツ半、いつもの「双葉」で会うことになった。

約束どおり翌日二人は落合った。

「どう。これで伝吉、だまるやろか」

お琴は丁銀《ちょうぎん》三枚を用意していた。金二両と一貫文《いっかんもん》にほぼ相当する大金である。大工の日当でいえば七十五日ぶんだ。

「こんなにたくさんですか」

正七は肝をつぶした。

「いいの。丁銀三枚ぐらいで口封じができるのやったら、安いもんや」

お琴は怯《おび》えていた。正七との仲が噂になったら、離縁されるにちがいない。

「しばらく逢《あ》うのをやめときましょう。別れた、と伝吉に思わせるのよ」

正七はうなずかざるを得なかった。

着物をぬぎすてて二人は抱きあった。いつものようにお琴は年上の女としてふるまった。尻の下に枕をおき、両足をひらいて正七に舌と指で奉仕させる。感きわまると全身で反り返り、悲鳴をおし殺して大量の液を吐きだした。お琴は三度気をやった。

ついで正七に馬乗りになり、男のものを体内におさめる。正七に両手で乳房を揉《も》ませながら前後に腰を揺すり、円を描いた。正七は自分の固いものでお琴をつらぬき、ふりまわすよろこびを堪能《たんのう》し、しばらく逢えないのが残念でたまらなかった。

あくる日の夜、正七は店の外へ伝吉を呼びだして、口止料の紙包みを手わたした。なかをしらべてから伝吉は、

「おおきに。これ、今月ぶんでんな」

といやらしく笑った。

「なんだと。月々もらう気なのか」

気を呑まれて正七は訊いた。

「そらそうや。あんたらが楽しんでるあいだは、こっちも楽しませてもらいます。人はみんな平等やないとあきません」

この野郎。正七は怒りに燃えた。

大店のご寮人といってもお琴は商いの勘定には無関係で、重右衛門一家の賄《まかな》いの費用をあずかっているだけだ。月々二両もの大金を捻出《ねんしゅつ》するのはむずかしい。こうなっ

たら伝吉を斬るしかない。

「後学のため教えてくれ。ご寮人はんと私のこと、なんでわかったんや」

懸命《けんめい》に気をしずめて正七は訊いた。

ばれないようあれだけ気をつかったのに、とふしぎでならなかったのだ。

「中庭の地蔵小屋にご寮人はんがお参りしがてら、お地蔵さんのうしろになにかおきはったんを見たんです。なんやろ思うてさがしたら、宛名のない書きつけが出てきた

――」

しばらく見張っていると、正七が地蔵小屋へやってきたということだった。

これで合点《がてん》がいった。あとはこのダニ野郎を消す算段をするだけのことだ。

十五日たって九月に入った。

そろそろ今月ぶんたのみまっせ。伝吉が店で正七にささやいた。

「わかった。用意する。あすの晩四ツ（午後十時）に思案橋《しあんばし》へこい」

できるだけ冷静に正七は答えた。

「四ツにか。えらいおそいな」

伝吉は怯えた顔で正七を見た。

あすの晩「双葉」でお琴と会い、金をうけとってもっていく、と正七は説明した。伝吉はなっとくして離れていった。

約束どおり翌日の晩、「双葉」のすぐ近くにある東横堀川《ひがしよこぼりがわ》の思案橋で二人は落合った。警戒して伝吉は提灯をもっている。もう人通りはほとんどなく、橋の東にうどんの屋台が一つ出ているだけだ。

「ほら、これ」

正七は布袋を手わたした。中身は石ころである。伝吉は正七の腰に脇差《わきざし》のないのをたしかめて袋をうけとり、紐《ひも》をときにかかる。

ふところの短刀を鞘《さや》からぬき、ふりかぶって正七は伝吉の胸に突き立てにいった。げえっ。伝吉は呻《うめ》いて身をひねる。わずかに切さきが伝吉の腕をかすめる。

袋をすてて伝吉は逃げる。追いすがって正七は伝吉のうしろ襟《えり》をつかみ、引きよせようとした。ふりむきざま伝吉は提灯で正七の顔を払う。一瞬ひるんだ隙《すき》に伝吉は欄《らん》干《かん》を乗り越えて東横堀川へ落下していった。

橋はかなり高い。川面は闇《やみ》に塗《ぬ》りつぶされている。なにも見えないし、きこえもしない。橋の東づめで人の声がした。異変に気づいたらしい。正七は橋の西へ向かって走りだした。失敗を悔やむ余裕もなかった。

「どうしたの。まっ青な顔して」

「双葉」でお琴は飲みながら待っていた。

夫の重右衛門は商用で一昨日長崎《ながさき》へ発《た》ったところだ。お琴は今夜、備後町の実家へ泊るという口実で家を空《あ》けている。

正七は伝吉を消してしまう計画をお琴に話していなかった。始末をつけて安心してお琴と一夜をすごす気でいたのだ。だが、もう話さないわけにいかない。伝吉に逃げられてしまったいきさつを打ちあけた。

「伝吉は番所《ばんしょ》に訴え出るでしょう。捕吏《ほり》がここへきます。ご寮人さん、もうお終《しま》いや」

話し終らぬうちに正七は泣きだした。

「そんなのいや。みんなばれてしまう。私生きてられへん」

抱きついてきてお琴も泣きだした。

「死にましょう。おまえに倦《あ》きられんうちに死にたい。子供のこともどうでもいいわ。あの世でおまえといっしょに暮したい」

泣きじゃくりながらお琴は正七を押し倒した。着物をぬがせ、下帯をとる。ふところの短刀を枕もとにおいた。

萎縮《いしゆく》していた男のものをしごいて勃起《ぼつき》させ、口にくわえた。あえぎながら頭を上下させる。いつもは正七のする奉仕を、きょうはお琴がはじめた。指でふぐりを揉み、菊をなでさする。正七は反り返って快楽に耐える。

やがてお琴は着物と下着をぬぎすて、全裸で正七に馬乗りになった。

「最後や。ああ、これが最後や。正七、倖《しあわ》せやったで。おまえとするのほんまによかった。なんでやろ。なんでこんなに良《え》えのやろ」

動きながらお琴は痴語《ちご》をならべ立てる。

「ああご寮人さん。私も倖せやった。あこがれのおかたとこんなことができて」

あえぎながら正七も口走る。

ぐいぐいとお琴は攻め寄《せ》せ、双方のために快楽を掘り起す。やがて反り返り、泣きさけんで気をやった。いつもは声をおさえるのだが、きょうは恥のかきすてである。

これが最後という意識のせいで、格別に快楽がするどい。

「ご寮人さん。お願いや。お尻見せて」

いわれてお琴は寝床のうえに四つ這《ば》いになり、こんもりした尻を正七に向けた。後背位《こうはいい》にいつもはお琴は応《おう》じない。重右衛門がそれを好むからだ。思いだすと心が冷えるらしい。きょうはべつだった。淫《みだ》らでなまなましい、しかも白くて優美な尻が正七の目のまえに満月のようにかがやいている。なでると、ひやりとした感触が伝わってきた。心の底から正七は満足した。自分は女体のうちで尻をいちばん好む男なのだと、いまになって新しい発見をする。

「ああご寮人さん。もうこの世になんの未練もない。私は倖せな男です」

うしろから正七は結合した。

激しく動き、三度もお琴に気をやらせてから自分も終った。

すぐにお琴は挑《いど》んでくる。また馬乗りになって攻めこんできた。お琴は三度も悲鳴をあげ、正七も呻きながら頂上にたっした。

休むひまもなくお琴はつづけたがる。よろこんで正七も応じた。回をかさねるごとに正七は持続時間が長くなり、放つ精も少量となった。それでもお琴はつづける。

「これが最後なのよ。お別れなのよ」

あえぎながらお琴は仕掛けてきた。

さすがに正七は疲れてくる。だが、いまにも捕吏が乗りこんでくるかと思うと、また新鮮な欲望にかられた。お琴を上に乗せたり、裏返したりして快楽を掘り起す。自分でもふしぎなほどきりもなく活力が湧《わ》いて出た。

だが、ついに正七は力つきた。お琴にしごかれても吸われても、男のものに生気はみなぎらなくなった。お琴はまた馬乗りになる。やわらかな男のものを握って自分の敏感な粒に押しあて、せっせとこすりつけはじめた。

しばらくすると、あっ、あっと声をあげて気をやった。そのときはすでに正七はぐんぶん以上眠っていた。短刀を使うのは目がさめてからにしようと夢うつつに思った。

朝、玄関のほうがさわがしいので正七は目をさました。捕吏がきたらしい。

お琴は全裸で眠っている。枕のそばに短刀が鞘におさまったまま投げだされていた。

いま短刀を使う余裕はない。いさぎよく縛《ばく》につこうと正七は決心して、お琴の体に布団をかけ、寝衣《しんい》をきて玄関へ出ていった。

捕吏はいない。この家の主人と女中二人が昂奮《こうふん》して話しあっていた。

「思案橋のすぐ下流で若い男が溺《おぼ》れ死んでたそうです。身もとはまだ知れんけど、橋のうえに道修町の近江屋の提灯がほうりだされていたそうだっせ」

伝吉だ、と正七は思いあたった。

あの男は紀伊《きい》の山奥の出だった。泳げなかったのだ。やみくもに東横堀川へ飛びこんで溺れたにちがいない。

朝日がまぶしかった。直接手をかけたのではないにしろ、自分が殺したも同然である。うしろ暗さはあった。だが、朝日の明るさのほうがはるかにまさっている。

「どないしはった。頭が白うなってまっせ」

「ほんまや。急に年齢《とし》とりはったみたい」

主人や女中がさわぎだした。

女中が鏡をもってくる。たしかに正七は、一夜で白髪頭《しらがあたま》になっていた。

# てんにょどうらく

あさのあつこ

もし、そこのお方、もし……。

ええ、おまえさまでございますよ。おまえさま。

ふいに呼び止められ、伊蔵《いぞう》は足を止めた。懐手《ふところで》のまま、呼び止めた相手を見下ろす。

こざっぱりした身なりの老人だった。紺と浅葱《あさぎ》の弁慶縞の小袖と羽織。裕福な店者《たなもの》のように見える。ただし、ひどく歳をとっている。

顔中に薄茶のしみが散り、深く皺《しわ》が刻まれていた。辛《かろ》うじて髷《まげ》を結《ゆ》っているものの疎《まば》らな白髪の間から、桜色の地肌が透《す》けて見えた。そこにも、しみの斑《まだら》が広がっている。もし、そこのお方と差し伸べられた手も朽木《くちき》のように細り、乾いていた。

今年二十歳になった伊蔵の父親どころかその父親のさらに上にも思える老人だっ

た。

「わたくしめに、何か御用でございますか」

懐手を解《と》くと、大店《おおだな》の手代らしい慇懃《いんぎん》な物言いで、伊蔵は問いかけた。老人に見覚えはない。大通りで、すれ違いざまに声をかけられる心当たりが、露も浮かばないのだ。

老人は皺に半《なか》ば埋もれた目で伊蔵を見つめている。何も言わない。

「わたしは、橘町《たちばなちょう》の太物問屋《ふとものといや》、七宝屋《しちほうや》に奉公している、伊蔵と申す者でございます。失礼ながら、誰かとお人間違いをなさっているのではありませんか。わたしは急いでおりますので」

いささか焦《じ》れもし、気味悪い思いもあって、伊蔵は老人に背を向けようとした。

袖を引かれる。


もし、おまえさま。

てんにょどうらくをなさいませんか。ええ、てんにょどうらくで、ございますよ。ご存知ない？　ええ、ええ、そうでございましょうとも。誰も知らぬことでございます。誰も知らぬことをおまえさまに、お教えいたしましょう。ほほ、そのように逃げ腰にならずともよろしゅうございます。ほんの僅《わず》か、茶を一杯、飲み干すほどの手間もいりませぬ。どうしても、嫌と仰《おお》せなら無理強《むりじ》いはいたしませんよ。強いる類《たぐい》の話でもなし。聞くも聞かぬもおまえさま、まかせ。さてさて、いかがいたしましょう。え？　太物問屋の手代さん……ええ、さっきも確かにこの耳に届きましたとも。伊蔵さんとおっしゃるのでしょう。わたしは惚《ぼ》けてあらぬ人間違いをしているわけではありませんよ。他の誰でもない、伊蔵さん、おまえさまに声をかけたのでございます。もっとも、おまえさまのお名前もご身分も知りはしませんでしたがねえ。もちろんお顔も。え？　……ええ、ええ、名も顔も知らないおまえさまに何故声をかけたかって。ごもっともな問いごとでございますな。そりゃあ、おまえさまにすれば、訝《いぶか》しいのは当たり前。ええ、ええ、それでは申し上げましょう。おまえさま、さる女人《にょにん》に懸《け》想《そう》しておいでございましょう。しかも、それは到底叶《かな》わぬ想い。ほほほ、そう驚かれずとも……いえいえ、そのような、口から出まかせ、口の遊ぶにまかせた虚言《そらごと》ではございませんとも。あなたはどのように想うても想うても叶わぬ女を想うてしもうたお方。それがわかるからこそ、お呼び止めもしたのです。どうでございましょう。てんにょどうらくの道にそろり足を出してはみませぬか。いえいえ、残念ながら、おまえさまの想いを成就《じょうじゅ》させることはできませせぬ。しかし、おまえさまの想いをただの芥《あくた》に等しくさせることはできましょう。現《うつつ》の女などまさに芥。なにしろ、てんにょを抱くのでございますからな。

伊蔵は息を詰めたまま、老人を見据えていた。

天女道楽？　天女を抱く？

これは新手《あらて》の美人局《つつもたせ》か。それとも、この老人の頭がいささか道理を外れ始めているのか。どちらにしてもぐずぐずと関わりあっていては面倒なだけだ。さっさと立ち去るのが得策ってもんだろう。

そこまで考えた。さっさと立ち去るのが得策ってもんだ……しかし、足が動かない。草履《ぞうり》の裏が地に張り付いたようだ。

お松《まつ》の顔が浮かぶ。顔だけではない。白い首筋や喉元《のどもと》や指先、ほろほろと柔らかな笑い声まで、今、目の前にその人が笑って立ってでもいるかのように鮮《あざ》やかに浮かびあがってくる。

おじょうさま

七宝屋の娘、お松に想いを寄せるようになったのは何時《いつ》のころからだろう。もしや前世から引きずっていた心思ではと、伊蔵は本気で考えていた。

それほどまでに深い。

いくら想うても想うても想うても、届くはずがない。相手は主人の愛娘《まなむすめ》、しかも、橘小町と謳《うた》われる玉女《ぎよくじよ》だった。秋が長けて雁《かり》の群れが空にくの字を描くころ、両国随一の呉服問屋『伊予屋《いよや》』へ輿入《こしい》れすると決まってもいたのだ。

もしやと淡い望みを抱いたこともあった。

お松は美しい女にありがちな驕慢《きようまん》で我儘《わがまま》な性質《たち》ではあったが、伊蔵にだけは優しかった。高直《こうじき》な菓子をくれたり、花見の供《とも》を言いつけたり……花見の人ごみの中でそっと手を握ってきたりもした。

ああ、もしやおじょうさまは、このわたしを……。

もしそうなら、この人の情けを受けられるのなら惜《お》しむものなど、何一つないものを。

お松の柔らかな指先を感じながら、伊蔵は目眩《めくら》むような幸福を味わっていた。

夢が無残に破れたのは、花見の桜が散って間もなくの昼下がりだった。庭を横切ろうとした伊蔵の耳に娘たちの若い笑い声が届いてきた。笑い興じることが何より好きなお松のもとへは、しょっちゅう娘たちが出入りしていたから、華やかな笑声が響くのは、さして珍しいことではない。伊蔵が足を止め、耳をそばだてたのは、その笑いの中に自分の名が紛《まぎ》れ込んでいたからだ。

「それで、お松さん、その伊蔵って手代はどうしたのさ」

少し掠《かす》れた声は、お敬《けい》という材木問屋の娘のものだった。

「どうしたって？ そりゃあ、もう、お猿みたいに顔を真っ赤にしておでこに汗なんかかいてるのさ。たぶん、心の臓がひっくりかえったんじゃないのかね」

「まあ、お松さんたら、ほんとに悪い人ねぇ」

舌足らずの物言いは、米屋の娘のお紋《もん》だろう。

「初心《うぶ》な手代をからかって遊んでるんだから」

「だって、伊蔵ったらあたしに懸想してるんだもの。そりゃあもう、蕩《とろ》けるみたいな眼つきをしてさ。おかしいったらありゃしない。まっ、ちょっとかわいくもあるけどさ」

「ふふん。からかうだけからかって、飽きたら見向きもしなくなるくせに」

「当たり前。だって、あたし、秋には伊予屋へ嫁入りが決まってるの。手代なんかそうそういつまでも構ってもいられないもの」

「それは、ほんと羨《うらや》ましい。伊予屋の若旦那は評判の色男。それなのに真面目で商売熱心って噂《うわさ》だものねえ。はぁ～あやかりたい、あやかりたい」

「なんなら、あたしのこと拝《おが》んでもいいわよ。ご利益がたんとございますよ」

一際《ひときわ》、笑い声が大きく華やかになる。伊蔵は耳を押さえ、その場を走り去った。

わかっていた。わかっていた。自分が愚かな夢を見ているとわかっていた。しかし、あんまりだ。手代とはいえ人ではないか。人の心をここまで玩具《おもちゃ》にしていいものか。

口惜しくはあったけれど、それで想いが晴れるものでも、消え去るものでもなかった。お松の性根がどのように捻《ね》じ曲がっていようとも、一度、惹《ひ》かれてしまった心は容易に元には戻らない。手が届かぬと知れば尚更、恋しくてならない。口惜しさも怨《うら》みも絡まりあい縺《もつ》れ合いお松恋しの情に変じていく。

いっそ暇をとろうかと思案もしたが、幼いころ二親を失った伊蔵には七宝屋より他に生きる場所はなかった。耐えるしかないのだ。

ええ、そうですとも。現の女人のことなどきれいに忘れられます。何もかも忘れさせてくれるのが、てんにょどうらくというものでございますからねえ。ええ、ええ、わたしはいささかも騙《かた》ってなどおりませんよ。は？　てんにょを抱くとはどういうことかと、お尋ねで。ほほほ、そりゃあ、おまえさまが一番欲しい女を一番望むやり方で抱くのでございますよ。それがてんにょどうらくというもの。さてさて、あまり長話もできません。いかがいたします？　わたしを信じるのも拒《こば》むのも、おまえさましだい。は？　金？　金は入り用でございます。二朱いただきましょうか。ええ、二朱でございます。それがお代でございまして。

やめろ、やめろ。こんな胡散者《うさんもの》の話を真に受けちゃいけない。

伊蔵自身が伊蔵を諌《いさ》める。

背を向けて、とっととこの場を離れるのだ。これ以上係わり合いになっちゃあいけない。

あはははは、あはははは。娘たちの笑い声が響く。あはははは、馬鹿な男。いいようにからかわれているとも知らないで、勝手な夢を見たりして。あはははは、あはははは。身の程知らずもたいがいにおしよ。

伊蔵は財布を取り出し、二朱を老人に手渡した。老人がうやうやしく頭を下げる。それから黙って歩き出した。伊蔵も黙って後に従う。老人の脚は速かった。一度も振り向かぬまま歩く。若い伊蔵がやっとついていけるほどの滑らかな足運びだ。

路地を曲がり大川の川辺に出る。もう一度路地に入り込み、そこを抜けると寺の塀にそってしばらく歩き続けた。

おそらくまだ八つどきにもならない刻のはずだ。しかし、道に人影はなく、薄闇さえ漂《ただよ》っている。

伊蔵も商人だ。荷を背負い自分の足で江戸の町を歩いてきた。よほどの裏路地、隠れ道でない限り見当をつける自信はあった。が、しかし、老人の背中を追って歩いているうちに、自分がどこにいるのか、どこをどう歩いているのかしだいにぼやけてくる。見覚えのある景色のようにも、まるで未知の眺めのようにも思えてしまう。

いったい、どこまで歩くんだ。

喉元まで問《と》い質《ただ》しの言葉が迫《せ》りあがってきたとき、老人の歩みが止まった。四ッ目垣に囲まれたしもたやの前だった。

老人は引き戸を開け、中に入っていく。そのときすら、伊蔵を見ようとはしなかった。一息ついて、伊蔵も家の内に足を踏み入れる。

香の匂いがした。

甘く柔らかな芳香。

入るとすぐに土間があり、上がり框《がまち》があり、骨黒塗りの障子が閉まっていた。老人は無言のまま障子を開けると、やっと伊蔵に目をやった。障子の向こうにぼんやりと座敷が見える。

どうぞ。

促《うなが》すように首を傾ける。なんだ、やはりただの女郎屋かと、落胆したけれど、ここまで来て踵《きびす》を返すのも業腹《ごうはら》だ。

伊蔵は草履を脱ぎ、座敷へと上がった。

座敷は薄暗く、静まり返っていた。屏風《びょうぶ》一つ、行灯《あんどん》一つ置いていない。何もないのだ。夜具さえ敷いてなかった。

カタッ。小さな音がして障子が閉まった。そちらを振り返り、再び座敷に向き直ったとき、伊蔵は息を飲んだ。

座敷の真ん中に闇が集まりうねうねと蠢《うごめ》いているのだ。

「……は、なっ、なんだ」

みるみる闇は濃くなり、六尺ほどの黒い靄《もや》となり、うねうねと……。

「うわっ、ばっばけもの」

伊蔵は逃げ出そうと障子にすがった。動かない。押し倒そうとしたがびくともしなかった。

「うわぁっ……誰か、誰か」

必死に叫ぶ。

「誰か、誰か、誰か来てくれ」

ああっ、助けて……助けて……。

か細い女の声が背後から聞こえる。おそるおそる振り向いた伊蔵の目に白いむき出しの脚が映った。黒い靄から女の脚がのぞいている。しゃがみこんだ伊蔵の目の前で靄がするすると引いていく。

女がいた。

緋縮緬《ひぢりめん》の襦袢姿《じゆばんすがた》で横たわっている。荒縄で後ろ手に縛られていた。

「……おっ、おじょうさま……」

お松だった。

「伊蔵、おまえだったのかい。わたしをこんな目に遭わせたのは。早く、早く、この縄をお解き」

お松が身をよじり金切り声をあげる。襦袢は乱れ、脚の付け根と恥部が露《あらわ》になる。そこは黒く縮れた毛に覆われ僅《わず》かに震えているようだ。伊蔵の視線に気づき、お松は再び身をよじった。今度はまるく盛りあがった尻が突き出される。

おまえさまが一番欲しい女を一番望むやり方で抱くのでございますよ。

ああ、なるほど、なるほど、そういうことか……。

帯を解き、着物を脱ぎ捨て、お松ににじりよる。

「来るな、来るな、来ないで、いやっ」

「うるせぇっ」

逃れようとするお松の髪を摑《つか》み、頰を張る。仰向《あおむ》けに倒れた女の股を両の手で左右に開かせる。桃の花色よりやや薄い陰《ほと》が口を開けていた。

「……これをずっと拝みたかったんだ」

「やめて……あぁ、堪忍《かんにん》して……伊蔵、お願い……」

堪忍などするものか。おれはずっと堪忍してきたのだ。これ以上、どんな堪忍もするものか。

伊蔵は屈みこみ、お松の陰に舌を這《は》わせた。指の下で白い太腿が汗ばんでくる。荒縄に潰《つぶ》され歪《ゆが》んだ乳房がお松の喘《あえ》ぎにつれて、小刻みに揺れた。襦袢のえりをはだけ乳房を無理に引きずり出す。陰を舐めた舌で乳首を吸い、指を深く女の中に差し込む。お松は低く呻《うめ》いて涙を零《こぼ》した。

「……やめて、お願い……許してちょうだい……」

「おまえは、おれをばかにした。おれの気持ちを踏みにじった。え、どうだ。それがこのザマだ。いまさら、詫《わ》びても遅いんだよ。ほれ、どうだ。こうしてやる。他の男のものが入れねえほど、めちゃくちゃにしてやる。どうだ、お松、どうだ」

「ひえっ、ひえっ……ああ……伊蔵、許して……」

お松が仰《の》け反《ぞ》り、いやいやと首をふる。

「どうした。気持ちがいいのか。ほれ、おれの指がもうびっしょり濡れてんだ。とんだ売女《ばいた》だったな、おまえは。ほら、それならこれはどうだ。もっと、もっと、よがってみなよ」

伊蔵はお松の腰を抱くと腹の上に覆いかぶさった。


おや、おすみでございますか。どうでございました。え……ええ、ええ、まさにてんにょでございましょう。ご満足なさいましたかな。ええ、ようございました。え？ええ、明日もね。かまいませんよ。三日、お通いなさいませ。三日ね。え？それ以上でございますか。さて、どうでございましょう。なにしろ、てんにょどうらく。やりたい者は尽きるということがございませんので。まっまま、とりあえず、三日、お通いなさい。明日も同じ刻、同じ場所でわたしがお待ちしておりますから。この障子？開きますとも。ただの障子でございますよ。

老人は、最初に出会った通りまで伊蔵を案内してくれた。七宝屋はそこから目と鼻の先にあった。

「おや、伊蔵、お帰りかい」

小女《こおんな》を連れたお松がにこやかに笑いかけてきた。踊りの月浚《つきざら》えから帰ったばかりだという。

「あたしの祝言《しゅうげん》の衣装が届いたんだよ。おまえ、見ておくれでないかえ」

お松がそっと伊蔵の袖を引いた。小女は見て見ぬふりをしている。

「いよいよ、おまえとも別れだと思うと、何だか淋《さび》しいねえ」

わざとらしいため息をつく。目には揶揄《やゆ》の光が宿っていた。

こんな女になんでおれは、我を忘れるほど焦《こ》がれていたんだろう。

袖を摑んだ手を音高くうつ。お松は目を見開き、指を引っ込めた。

「わたしは忙しいのでね、ご無礼しますよ」

軽く頭を下げ、店の中に入る。愉快でたまらなかった。同時に白い下腹や薄桃色の女の処《ところ》が浮かび、汗ばむほどに身体《からだ》が火照《ほて》る。

翌日も伊蔵は天女道楽に通った。

お松を抱いた。

「もっと泣け。もっと喚《わめ》け。もっと詫びろ」

言葉で肉体でお松を苛《さいな》む。お松は伊蔵のなすがままに、泣き、喚き、許しを請うた。

自分の中にこんな荒々しい残酷な獣が潜《ひそ》んでいたとは。自分に怯《おび》えながらも突き上げる快感に流され、お松を痛め続ける。

これでもか、これでもか、これでもか。

そして三日目。

お松の身体にむしゃぶりつき、乳首を、腹を、腿を、尻を舐めまわしていたとき、ふいにお松が痙攣《けいれん》し始めた。口から泡を吹き、足をふんばって仰け反る。濡れて張り付いた恥毛がしゃがんでいた伊蔵の目の高さまで上がると、そのままずとんと落ちていく。

え？

慌ててお松の身体を揺さぶった。かくかくと頭が揺れる。ぽかりと開いた目は空《うつ》ろにどこかを見つめている。

伊蔵は悲鳴をあげた。

どうなさいました。おや……まぁ、とんだことをなさいましたなぁ。思いの外、おまえさまの情念が強かったのでございましょう。しかし、まあ、殺すほどに苛むとは……あなたさまもなかなかに酷なお方でございましたなぁ。あ、いやいや、よろしいです。そんなに怖がらなくても、科人《とがにん》などにはなりはしませんよ。ただ、償《つぐな》いはしていただきますよ。よろしいですな。

償い？

ああ、償うことができるならどんなことでもする。

伊蔵は俯《うつむ》き、涙を零した。悪夢から覚めた気がする。老人に言われるまでもなく死ぬまで女をいたぶるなどと、犬畜生の所業だ。まさか、自分がそんな男であったなどと……。

泣かなくてもよろしゅうございます。わたしも、昔はそうでございました。てんにょどうらくにはまって三日、通ってしまったのでございます。おや、ご存知なかった？　てんにょどうらくに三日通えば三日目に、必ず女は死ぬのでございます。女は死に、男は償う。ええ、わたしはずっと償ってきましたよ、わたしの代わりが見付かるまでずっと……伊蔵さん、わたしはね、もう百年もこの姿でおります。百年……ええ、あなたと同じ二十歳そこそこのとき、てんにょどうらくにはまり、その後はこの姿でずっと。でも、あなたのおかげでやっと成仏《じょうぶつ》できます。後はあなたにまかせましょう。どうぞ、次のどうらくものをお探しなさい。そうすれば、あなたも……。

伊蔵の目の前で老人が崩れていく。黒い灰になり崩れていく。よろめいてしりもちをついた伊蔵は自分の手が枯れ木色になっていることに気がついた。頭に手をやる。地肌に触れる。数本の白髪が指にまきついていた。

伊蔵さん、これが償いの姿です。
さぁさ、お探しなさい。次のどうらくものを……。

街は光に溢《あふ》れていた。不況だというのに、ショーウィンドウには色鮮やかな品々が並び、イルミネーションに煌《きら》めいている。
背広を着込んだ青年の腕を一人の老人が軽く掴んだ。青年よりずっと上質の背広姿だ。

もし、あなた。ええ、あなたです。すいませんね、お呼び止めなんかして。ちょっと、お話がございまして。あなた、てんにょどうらくなさいませんか。

ええ、てんにょどうらくです。

# 鼈《スッポン》

三田 完

誰かが私の名を連呼している。声の合間に、ひっきりなしに戸を叩《たた》く音も聞こえる。

やっと目が醒《さ》めた。天井に大時代なシャンデリアが吊り下がっている。だんだん頭がはっきりしてきた。ここはホーチミン・シティ。八十年も前、フランスがベトナムを統治していたころに造られたホテルの三階にある豪勢なスイートだ。

「秋月《あきづき》さん、秋月さん」

うわずった声は隣の居間のほうから聞こえる。伽耶子《かやこ》の声に違いない。私はベッドから身を起こし、隣室へ行く。ベランダに通じるガラス扉の向こうで、必死の形相《ぎょうそう》の伽耶子が戸を叩いている。寝間着代わりのTシャツにボクサーショーツという姿で。

いったいなにが……？

けげんに思いながら扉の掛けがねをはずすと、下の道路を走るオートバイの喧噪《けんそう》とともに伽耶子が部屋に飛び込んできた。猛禽《もうきん》に追われてあわてふためく小鳥のように。

「どうした？」

「朝焼けが綺麗だったんで、写真を撮ろうと思ってベランダに出たんです。そうしたら、戸を閉めた拍子《ひょうし》に金具が下りてしまって」

たしかに、古めかしい扉の掛けがねは、摩耗してゆるゆるになっている。

半泣きの顔になっている伽耶子を私は抱きしめた。甘い呼吸《いき》が鼻先を撫《な》でる。社交ダンスよろしく身体《からだ》を密着させたままふたりは寝室に移動し、キングサイズのベッドに倒れ込む。会話などなにもせず、たがいの着衣を毟《むし》り取る。私の掌《てのひら》が、唇《くちびる》が、弾力に富んだ肌をむさぼる。いっぽう伽耶子は私の腰のあたりに手を伸ばし、そこに顔を寄せる。

早くも充血したものを、彼女はくぐもった声を洩《も》らしながら喉《のど》の奥までつるりと丸《まる》呑《の》みし、唇をこまかく震《ふる》わせて袋の部分を刺激する。相手が窒息してしまうのではないかとはらはらしながらも、押し寄せる快感に私は唸《うな》る。やがて伽耶子は私の下半身から顔を離し、荒い呼吸とともに唇から唾液《だえき》の糸をしたたらせる。

「ふふ……」

「なに？」

「いま目の前に一本、白毛《しらが》がありました」

「バカ」

形のいい乳房《ちぶさ》のいただきに私が唇を這《は》わせると、伽耶子は一瞬顔をしかめた。

「ひりひりするの。おととい着いてから、してばかりだから」

「ここも？」

伽耶子の花びらの周囲に密生する毛は漆黒《しっこく》で毛足が長く、あまり縮れていない。しとどに溢れた花びらを指先でまさぐる。彼女はうっと肩を震わせ、うなずく。

「いいの、痛くても。すぐに、気持、よく、な、る、から。ああ……」

私はすでに伽耶子とひとつになっている。

ああ、ああ、いい。なんで、なんで。ああ、なんで……。

情事の最中、伽耶子はやや受口の唇から「なんで」という言葉を頻繁《ひんぱん》に発する。「なんでこんなにいいの」という意味だろうと、私は勝手に解釈している。

呻《うめ》きが絶叫になる。ついに、ふたり同時に坂道を駆け上がる。

窓の外からエンジンやクラクションの音が伝わってくる。南国の街が朝の活動をはじめたようだ。冷房の効いた室内で、私たちは巨大なベッドに並んで仰臥《ぎょうが》している。

隣の伽耶子は軽い寝息をたてはじめた。

天井を見上げた姿勢で、私はしみじみと幸福を嚙《か》みしめる。

写真家の助手をしている伽耶子とは仕事で知り合った。妻にはロケハンと偽って、おのれの半分ほどの年齢の愛人と海外旅行を楽しみ、朝に夕に獣欲《じゅうよく》に身をまかせる――中年男にとって、これに勝る幸せがあるだろうか。


木枯《こが》らしが身を刺す。

陽光に充ちたベトナムとはうらはらな真冬の午《ひる》どき、私は麻布十番《あざぶじゅうばん》の街を歩いていた。昨夜は徹夜のCM撮影で、つい先ほど事務所のソファーで仮眠から目醒めたところである。

「恐れ入りますが……」

コンビニエンスストアの角で見知らぬ男性に声をかけられた。齢《とし》のころ七十を超えた様子で、いかにも手ざわりのよさそうなカシミアの外套《がいとう》を着た男が、どことなく愛嬌《あいきょう》のただよう眸《ひとみ》をこちらに向けている。

「この辺で、旨《うま》いスッポン屋をご存じないですかな」

虚をつかれた思いになった。昼日なか、まるで銀行の場所を訊《き》くような、さりげない口調の質問だった。

いままで私はスッポンなるものを食べたことがない。いくら珍味だの滋養強壮の妙薬だのといわれても、高い金を出してたかが亀の子を食うひとの気が知れない。

知りません——そっけなく応えようと思った。だが、口にする前に、微笑を浮かべてじっとこちらを見ている老人の風貌に滲《にじ》む、えもいわれぬ闊達《かったつ》さに惹《ひ》かれた。

「ええと……、ちょっと待ってください」

懸命に記憶をひもとく。以前、このあたりでたしかに〈すっぽん〉という字を眼にした憶えがある。

「たぶん、こちらのほうに」

うろ憶えの道順なので、言葉ではうまく説明できない。歩きはじめた私のあとに、老人は黙って従《つ》いてくる。六本木ヒルズに向かってしばらく歩き、右側の路地を覗いてみる。

記憶は正しかった。二十メートルほど奥に、〈すっぽん〉と太い文字をしるした白い提灯《ちょうちん》が下がっている。

「あそこでしょう。入ったことがないので、旨いかどうか断言できませんが」

男は嬉しそうにうなずいた。

「いや、お手数をおかけして……」

軽く会釈《えしやく》を返してその場を去ろうとした私に、老人はさらに声をかけた。

「あの、お食事はまだですかな」

「はっ？」

「どうです、ご一緒にスッポンは？　道案内をしていただいたお礼に」

またしても面食らった。

「い、いいえ。とんでもない」

老人はにわかに哀しげな表情になり、こちらをじっと見つめた。なにも悪いことなどしていないのに、私は妙にうしろめたい気分になった。

「お忙しいですか？」

私の職業はＣＭのプロデューサーだ。業界で一応名が売れており、この近くに事務所をかまえている。フリーなので時間は比較的自由になり、きょうこのあと打合せの予定もない。

「暇ですけど……、道案内をしただけで初対面の方にスッポンをご馳走《ちそう》になるなんて、どうにも図々しすぎますよ」

うんうん、と相手は笑顔でうなずく。

「わたしは遠藤《えんどう》と申します。もう仕事の第一線とは縁のない隠居老人で」

老人は肩書のない名刺をさしだした。しかたなく、私も自分の名刺を渡す。

「秋月さん……、ほうハイカラな名前の会社ですな。はあ、コマーシャルのお仕事ですか。さあ、これでわたしたちはもう知り合いになりましたよ。ですから、ぜひご一緒に。ひとりでスッポンというのも、どうもねえ。ですから、話し相手になってください」

「そんな」

「お願いします」

路地の入口で押し問答している男ふたりを、通りすがりのひとびとがいぶかしげに眺める。何度か遠慮を重ねたあげく、ついに私は根負けした。

スッポン屋の前に立ち、老人は浅葱《あさぎ》に染められた暖簾《のれん》をしげしげと見る。

「ほう、なかがわ、ね。聞いたことがあります。たしかに名代《なだい》の店ですよ、秋月さん」

さあさあ、と小声でうながし、老人は引戸をひらいた。玄関にさりげなく塩が盛られている。

「いらっしゃいまし」

暖簾と同じく浅葱の着物をきた小柄な女性が私たちを迎えた。店内には六、七人がけのカウンターがあり、さらに奥が上がり口になっている。他に客の姿はない。

「予約してないんだがね、ふたり。できれば座敷がいいな」

手慣れた調子で遠藤老人がいう。

「はい、かしこまりました」

女性はすがすがしい声で応えた。薄茶色に染めたショートカットが若々しいが、ものごしに落ちついた大人の風情《ふぜい》が感じられる。年齢は三十代半《なか》ばといったところだろうか。カウンターの内側では、白衣を着た痩身《そうしん》の男が黙々と作業している。髪のすっかり白くなった板前は吊り上がった目で私たちをじろりと一瞥《いちべつ》し、微《かす》かに会釈した。

俎《まないた》のかたわら、発泡スチロールの箱から黒いものがはみ出ている。一瞬、凶悪な目が光った。スッポンの頭に違いない。

店の奥へ進み、靴を脱ぐ。上がり口の脇に二十センチほどの高さの鉢植《はちうえ》が飾ってある。

「ほう、藪柑子《やぶこうじ》だ。可憐《かれん》ですな」

老人に女性が笑顔でうなずく。

「よくご存じで。わたくしなどは草花の名前は皆目《かいもく》ダメでございまして、藪柑子という名もこの鉢を手に入れてはじめて知りました」

「ほう、この辺で買ったの？」

「麻布十番でもお酉《とり》様をやるんでございます。浅草《あさくさ》や新宿《しんじゅく》ほど盛んではないですけど。そこに鉢物の露店が出ておりまして」

「なるほど」

六畳の座敷には床しく香が焚《た》きこめてある。遠藤老人は自然な仕草で床柱を背負い、胡座《あぐら》を組んだ。

女性が飲物を尋《たず》ねる。

「秋月さん、ビールでよろしいですかな？」

「はい」

「じゃあビールを一本。わたしはウーロン茶」

「あ、じゃあ、ぼくもウーロン茶をいただきます」

「ふふ、遠慮は要りません。さあ、秋月さん、どうぞ脚を楽にして」

膝《ひざ》をくずしたものの、どうにも居心地《いごこち》が悪い。これから初対面の老人と亀の子を食い、手酌《てじゃく》でビールを飲むのだから。

「スッポンははじめてですか？」

遠藤老人が訊《き》く。

「ええ」

「旨いですよ。肌がつるつるになります。高血圧や動脈硬化にもいい」

いいながら、老人はおのれの言葉にいちいちうなずく。

(そして、精もつく)

胸のなかで私はつぶやく。風呂場で湯をかけたとき、流れが玉となって弾《はじ》ける伽耶子の肌を想う。

なんで、なんで、なんで……。


ベトナム旅行から帰国してわずか十日後、唐突に伽耶子からのメールが携帯電話に届き、私の淫《みだ》らな幸福は消え去った。

「女であることを捨てて、写真の道に精進《しょうじん》しようと思います。当分、お会いしないつもりです。半年間、素晴らしい思い出をありがとう」

驚いた私はすぐに返信した。

「???　すぐに会いたい」

だが、彼女からの返事はなかった。電話を何度かけてみても、応答はない。

伽耶子のみずみずしい肉体の感触が、淫らなあえぎ声が、頭のなかでぐるぐると巡る。写真の道に精進する——そんな綺麗ごとは口実で、別の若い恋人ができたのではないか。

メールを受け取ってから三日、まだ齢甲斐《としがい》もない胸苦《むなくる》しさがつづいている。

いかにも滋養のありそうな香りがあたりに充ちる。素焼の鍋のなか、黒い皮のついたスッポンの肉がふるふると揺れている。沸騰《ふっとう》する金色《こんじき》の泡にまみれて椎茸《しいたけ》や豆腐《とうふ》も見える。

「さあ、鍋の王者ですぞ」

遠藤老人が目を見ひらいていう。

すでにコースで出てきた唐揚や刺身で、スッポンへの偏見はだいぶ薄らいでいた。なるほど、ただの亀の子とバカにはできない。鶏《とり》とも魚ともことなる恬淡《てんたん》とした味わいは、グロテスクな外見からは想像もつかない。

「さ、もう召し上がれます」

杓子《しゃくし》で鍋をゆるゆるとかきまぜ、和服の女性がにこやかにいう。

「あなた、こちらの女将《おかみ》さんだね」

老人が訊いた。

「はい」

「厨房《ちゅうぼう》にいらっしゃるのが、ご主人？」

先ほどカウンターの脇を通ったとき見かけた初老の板前の風貌を、私は思い浮かべた。女将よりだいぶ齢上のようだが……。

「はい」

照れた声音《こわね》で女将が応えた直後、老人はおもむろに小鉢にすくいとった汁をひと口啜《すす》り、うむ、と小さく唸《うな》った。

「これは銀座の〈粋居《すいきょ》〉と同じ拵《こしら》えですな。出汁《だし》に生姜《しょうが》が効いている」

女将が目を見張る。

「よくおわかりで。親方は〈粋居〉で修業いたしました」

「ほう、不思議だ。あなたの立居ふるまいも〈粋居〉の女将に似ている。わたしが行ったのはもう十年以上も前だったが……」

煮え立つ鍋のかたわらで、女将はほのかに頰《ほお》を赧《あか》らめた。

「……実家でございます」

老人は満面の笑みでうなずく。

「似合いのご夫婦だ、本当に」

女将がそそくさと部屋を出たあと、遠藤老人が声をひそめて話しかけてきた。

「齢かさの板前にまんまと食われたということです。実家はひと騒動だったでしょうな」

「……………」

「さあ、やっつけましょう」

女将のことなど忘れたように、老人は獰猛《どうもう》な視線を鍋のなかに向けた。沸《わ》き立つ芳《ほう》烈《れつ》な香りに誘われ、私もそそくさと箸《はし》を取る。

熱い。

肉がむちむちと口のなかで踊る。

とめどなく滲《にじ》み出るものを貪婪《どんらん》に啜る。

火傷《やけど》するほどの悦楽……。旨い。

遠藤老人と私はほとんど会話することもなく、ひたむきにスッポン鍋を食い尽くした。ふたり同時に満足の溜息《ためいき》をつき、顔を見合わせて笑った。まるで旧知の友人のように。

ふたたび女将が来て雑炊《ぞうすい》の準備をはじめたとき、老人は私をしげしげと見て尋ねた。

「秋月さんは四十代の半ばといったところですかな」

「はい、四十七です」

「ほう、まさに人生の盛りだ。羨《うらや》ましい」

「いえ、もう下り坂です。だいぶ老眼も進んできました」

女将が笊《ざる》に盛った飯を濃厚な汁のなかに落とした。その手もとをちらちらと見ながら、遠藤老人が話をつづけようとしたとき、こつんと物音がし、女将があっと声をあげた。なにごとかと眼をやると、テーブルの上で生卵がぐしゃりとつぶれている。

「失礼いたしました」

座卓を布巾《ふきん》で拭《ふ》きながら、女将が顔を背後に向ける。

「あんた、卵、お願い」

ただちに足音が近づいてきた。襖《ふすま》がひらき、細おもての顔があらわれる。浮世絵の役者ばりに吊り上がった目で卓上でなにが起こったかを瞬時に見てとった親方は、あいすみません、とくぐもった声で詫《わ》び、片手をこちらに伸ばした。がっちりと骨太の掌に鶏卵《けいらん》が二個載っている。女将は無言でそのひとつを奪い、手早く鉢に割ってかきまぜる。

気がつくと親方は姿を消していた。

「不調法をいたしまして……」

溶《と》き卵を流し込んだ鍋に蓋《ふた》をしたあと、深々と頭を下げた女将に笑顔で手を振り、遠藤老人はあらためて私に語りかけた。

「秋月さん、どんなあんばいですかな？　四十七歳のいま、女性のほうは」

同時に女将が鍋の火を消した。汁がぐつぐつ煮立つ音が止む。

なんで、なんで、なんで……。

突然、伽耶子の悶《もだ》える声が遠くから聞こえ、胡座をかいた脚のつけ根が不覚にも疼《うず》いた。

「もうひと花、ですな」

私は咳払《せきばら》いをした。

「……そう願いたいものです。遠藤さんはその齢のころ、いかがでしたか？」

老人は小さく溜息をついた。女将が手早く雑炊を茶碗《ちゃわん》に取り分け、ごゆっくり、といいのこして座をはずす。

遠藤老人は遠くを見つめる表情になった。

「ふふ、なんの魔がさしたのか、三十も齢の離れた娘に手を伸ばしてしまいましてね」

飄々《ひょうひょう》とした声音だったが、老人の言葉は私の胸に重く沈んだ。似た者どうしが街角で偶然出逢い、ともにスッポン鍋をつついていたとは。

「齢下のどんなお相手だったんですか」

老人は何度か咳《しわぶ》き、卓上に眼を落とした。

「……冷めないうちに、こいつを食っちまいましょう」

茶碗を手にとり、ふうふうと息を吹きかけながら遠藤老人はゆっくりと雑炊を口に運んだ。

「旨い。このおじやを食うために、いままで鍋を食ってきたようなものだ」

私のほうは、雑炊が熱くてろくろく味わうゆとりがない。

「もっとゆっくり食べないと火傷しますぞ」

あきれ顔でいう老人の前で、私は目を白黒させながらグラスに残ったビールを口に流し込む。

「……遠藤さん、三十歳齢下のお相手はどんなひとだったんですか」

ああ、と老人はいい、ふたたび遠くを眺める目になった。

「娘の高校の同級生でした。お恥ずかしいことですが」

「…………」

私にも高校一年になる長女がいる。娘の友人がわが家に遊びに来たとき、彼女らの胸や尻の膨《ふく》らみを盗み見ることがないではないが。

「奥様やお嬢さんには気づかれずに？」

遠藤老人は生真面目な顔で応えた。

「ええ、隠しとおせたと思います。家内は一昨年に他界しましたが、つゆ知らぬことだったでしょう。幸いにして、娘にもばれた気配はない」

大きな吐息《といき》が私の口から洩れた。そんな私を眺め、老人は曖昧《あいまい》な笑みを浮かべた。

「しかし、半年ほどです。つづいたのは」

やはり……。火傷するほどの悦楽は、そうそう永くつづくものではないのだ。

「つき合ううちに彼女は、なんというか、いわゆる女の悦びが分かるようになりましてな。あるとき、わたしの腕のなかで行った瞬間に、かぼそい声で、パパ……、と呻《うめ》いたんですよ。その声を耳にして以来、わたしの道具が役に立たなくなってしまいましてな」

遠藤老人は残りすくない白髪を掻く。私は老人と同じ曖昧な微笑を浮かべ、うなずく。

涼しげな声とともに襖がひらいた。女将の捧《ささ》げ持つ盆にはネーブルと焙《ほう》じ茶が載っている。

「失礼いたします」

「図々しくご相伴《しょうばん》させていただき恐縮です」

「とんでもない。こちらこそ、むりやりおつきあいいただいて……」

カウンターの前に並んで立つ主人と女将を遠藤老人はほれぼれと見つめた。

「本当にいいご夫婦だ」

「ありがとう存じます」

女将が艶《つや》やかな笑顔で礼をいい、親方も頭を下げた。老人はさりげなく女将の肩を叩く。店に入ってから二時間経っていた。

暖簾を抜け、路地を歩く。

「秋月さん、これから仕事ですか」

「いえ、きょうはもう休みにします。ビールも飲みましたし」

「はは、それもいい」

「遠藤さんはこれから？」

老人は困ったように首をかしげた。

「じつは……、これから会うんですよ。例の女性にね」

表通りに出る寸前で足が停まった。いつの間にか木枯しがやみ、街には明るい陽が射している。

「つづいているんですか、いまも」

「ええ、ずっと。彼女が二十歳《はたち》を過ぎてから再会し、それからは月に何遍か会っています。そういえば、あれも今年で四十七だ」

――お気をつけて。

背後から声がかかった。路地をふりかえると、スッポン屋の夫婦がまだ立って、私たちを見送ってくれていた。

# 隣家の女の窓が開いている

岩井志麻子

うちのアパートは、マンションと呼んで呼べなくもない。

右隣のキャバ嬢は、うちのマンションと呼んでいる。廊下でも共有の玄関でもすれ違う街なかでも、いつも叫ぶように携帯電話をかけていて、

「うちのマンションは頭おかしいか、ヤリマンしか住んでない」

なんて、お前こそ頭おかしい上にヤリマンじゃないかよと、いつも言い返したくなることばかりわめいている。見た目は絵に描いたようなキャバ嬢で、でも素顔《すがお》はかなりチマチマした地味《じみ》な顔立ちだ。そんな彼女の電話の相手は、いつも客かホスト。しょっちゅう、同棲相手が替わる。こちらも客かホストしかいない。今は、体つきも表情もぺらぺらで厚みのないホストといる。

私はアパートと呼ぶここは三階建てで、エレベーターはついてないけど、とりあえず鉄筋構造だ。一つの階に三世帯、入っている。つまり全部で九世帯。

近所付き合いはまったくなし。私は二階の真ん中にいて、右隣がいつでも声が大きい例のキャバ嬢。左隣が、そこそこ人気があるというAV女優。

この子は、とても内気だ。めったに男どころか友達も来ない。人の顔もまっすぐ見られず、私を見ても顔を伏《ふ》せている。会話やセックスは、カメラの前でしかできないらしい。

素顔もけっこう美人なのに、普段はいつもパジャマみたいな格好で、AV女優だなんて誰も信じないだろう。私も、噂で聞いて彼女のAVで確認するまでは信じられなかった。AVの中ではいまどきの化粧をした子で、すごい獰猛《どうもう》なセックスをしていた。私生活では、自分のAVを観ながらオナニーするのが大好きなのだ。壁が薄いので、電気マッサージ器やバイブレーターの音が、AVの音に混じっていつも聞こえる。

私の真上に住むのは、このアパートで最《もつと》も困り者といわれている八十くらいの婆《ばあ》さん。「天井裏に小人が住んでいる」という妄想に取り憑《つ》かれて、いつも物干し竿や杖《つえ》で天井や壁を叩きまくっている。外で会えば大人《おとな》しい、見た目はごく普通の痩《や》せた婆さんだ。

最上階なので天井の上には誰も住んでないという説明は、婆さんにはまったくつうじない。当然、アパート中から大家に文句がいくが、婆さんの言い分は「小人が悪い」の一点張り。しかも「小人は乱交している。ヨガリ声がうるさい」なのだ。あまりのうるささと婆さんのおかしさに、両隣にいた若夫婦と中年姉妹は、ついに引っ越していった。

一階の左側と真ん中は、大家夫婦とその息子夫婦が住んでいる。右側に住むのは一人暮らしのOLで、一見するとこのアパートの女の中では最も常識があって、きれいに見えるが、冬でも窓を全開にして男とヤるので、わざわざ遠方からも覗《のぞ》き魔《ま》が来て困るのだ。

※

右隣のキャバ嬢が、事件を起こした。正確には、事件に巻き込まれた、なのか。何度か部屋にも入れて、当然セックスもしていたホストの何人か。そのうちの一人が勤める店で飲んでいるうちに、妙な雰囲気になってきた。

アフターでラブホテルに移動し、男三人に彼女一人で4Pをしてしまった。彼女も楽しんだくせに、後になって「監禁されて輪姦《りんかん》された」と騒ぎたて、警察に駆け込んだのだ。

それは、今一緒に住んでいるカレシ扱いのホストに知られたためだと、噂で聞いた。

そもそも三人のホストの中の一人に今も未練があって、彼とだけホテルに行きたかったのに、三人で来られて怒って事件にしたのだともいわれた。

例によって彼女自身が大きな声で、カレシに電話していた。電話を聞く限りでは、被害者になっておかなければ、カレシに去られると恐れたように思えた。それにしては、やけに扇情的《せんじょうてき》に詳《くわ》しく報告していたけれど。

「あたし、ずうっと両手を縛《しば》られてた。誰のおちんちんが入っても、あなたの名前を呼び続けてたよ。一人なんか、お尻にまで入れた。あんまり痛くて声も出なかった。むちゃくちゃ、変な格好もさせられた。両手両足をめいっぱい広げられて押さえつけられて、あそこの毛を剃《そ》られた。カミソリが怖いから動けなかった」

もちろん、逮捕された三人のホストは素直に、「はい、そうでした。僕らがすべて悪かったです」とはいわなかった。

「あの女から誘ってきたんすよ」「すげぇ乱交慣れした女で、終始あの子のリードで進みました」「ていうか、あの女からしゃぶってくれたし」「あと二人くらい呼んでもいいっていいました」などと申し立てた。そしてそれは、おおむね事実だったのだろう。

しかし、頑《がん》として彼女が、監禁と強姦と輪姦だと言い立てれば、どうにもならなかった。

新聞や雑誌、テレビでも、「人気店のホストが集団でキャバ嬢を監禁、暴行」と報道されてしまった。店はしばらく閉鎖を余儀《よぎ》なくされ、加害者とされた彼らは「被害者」のキャバ嬢に、かなりの示談金《じだんきん》も支払うはめになった。

ところが、話はそれでおしまいにはならなかった。多分、いや、間違いなくハメられたホストのいるクラブ側が仕組んだのだろう。

同棲相手のホストがいないときを見計《みはか》らって、明け方帰宅した彼女は何者かに襲われた。

覆面をした男三人が押し入り、彼女を縛り上げて素っ裸にし、今度こそ本当に監禁して強姦、輪姦したのだ。もちろん、避妊なんかしてくれやしない。全員にナマで突っ込まれ、全員に思い切り中に射精されたのだった。

彼女が本気で泣き叫ぶ声は、隣の私にはよく聞こえた。もちろん寝たふりをしていた。

昼前にやっと彼女は解放された。二階の共有廊下に、全裸で放り出されていた。春なのに全身に鳥肌を立てて、剃り上げられた陰部は、だらしなく開ききり、そのむき出しの陰部からは血もたらしていた。

太腿《ふともも》までべったり、何人もの体液に塗《まみ》れ、尻の穴からも、精液らしいものが垂《た》れていた彼女は、ようやく我にかえり、自力で部屋に戻って後始末をしたようだ。

今度、警察なんかにチクッたら、こんなもんじゃ済まない。そう脅《おど》されたと、翌日うって変わって蚊の鳴くような声でどのホストかに電話しているのを聞いた。相手のホストの声までは聞こえなかったが、翌日から同棲していたホストはいなくなった。

※

左隣のAV女優は、ネットで調べたら50を超える作品に主演していた。

入手しやすいものを、何本か観てみた。私も彼女本人も気に入っているのは、若妻に扮《ふん》した彼女が、夫の出勤後に家事をしていると昔の恋人が訪ねてくるシリーズの一つだ。

最初はイヤイヤと抵抗していたのに、ヤッている最中に悶《もだ》え始めて自《みずか》ら貪欲《どんよく》に求めだす……という、何の変哲《へんてつ》もないありふれた内容のものだ。

昔の恋人に服を着たまま風呂場まで連れて行かれ、シャワーを浴びせられながら脱がされ、背後からいじりまわされ、床に押さえつけられて水飛沫《みずしぶき》の中、激しく犯《おか》される。

薄手のブラウスの下には何も着けてなくて、濡《ぬ》れた布地越しにも張り詰めた乳房と乳首の形や色がすぐわかり、濡れた陰毛は薄いため陰唇にはりついてしまい、中の粘膜がすぐのぞいてしまうので、挿入していなくてもボカシは必要なようだった。

男の指がその開いた陰唇をかきわけ、彼女の中をかき回す音は粘っこい。セリフ回しは棒読みなのに、喘《あえ》ぎ声と泣き声は名演技だった。

もしかしたら、演技ではないのかもしれない。背後から抱きすくめられる彼女は、自ら首をひねって男の唇を求めていく。太腿は男の手を締めつけている。

男が脱いでいる間、彼女は床に仰向《あおむ》けになって股を広げている。いやいやと顔を背けるのは、シャワーの湯を避けているだけだ。いきなり、上に乗られて挿入される。何の抵抗もなく、陰茎はぬるりと彼女に飲み込まれた。

ボカシは薄く、結合部分がアップになると、陰茎が彼女の中に強く出し入れされるのがはっきりわかった。彼女は男の尻を握るようにつかんで叫び、本気で腰を浮かす。吸われなくても、乳首が硬く尖《とが》って突き出していた。

次の場面は、リビングのソファになっている。男はソファの背もたれに彼女を仰《の》け反《ぞ》らせ、限界まで股を開かせて陰部を舐《な》める。舌先が彼女の中に潜り込む。彼女の最も敏感な肉の芽《め》を、男は執拗《しつよう》に嬲《なぶ》る。彼女の腿が痙攣《けいれん》する。痙攣は演技できない。

性器ではなく排泄器官だからという理由で、肛門はボカシなしでもいいらしい。彼女の締まったきれいな肛門は、唾液と自分の体液でべとべとになっていた。

彼女は自分の乳房を揉《も》み、男の頭を引き寄せ、肩に足を乗せて交差させて締めつけ、せわしなく動く。全身で感じていると叫ぶ。

そんな彼女を床に仰向けに寝かし、足を曲げさせ大きく開かせる。体の柔らかい彼女は、自分の膝が肩に押しつけられても苦しそうではない。男はすべてがさらけ出された彼女の陰部を覗き込みながら、膝立《ひざだ》ちになって挿入する。

彼女は自分の折り曲げられた足で乳房をも潰《つぶ》されながら、首を激しく振って悶える。いきなり引き抜いた男は、快感に波打つ腹に射精する。それでも萎《な》えないままの陰茎に、彼女は起き上がってしゃぶりつく。

このAVを、私と彼女は同時に観ているときがあった。何度も観ているから、隣から漏れてくる音だけでわかる。たまに喘ぎ声が聞こえて、AVと同じ声だと嬉《うれ》しくなる。

彼女が特に電気マッサージ器やバイブレーターの音、声を響かせるのは、昔の恋人との激しいセックスの場面より、何も知らずに帰宅した夫と静かに交わる場面だ。

もちろんこちらも、本当に挿入されているが、ねっとり、糸を引くキスのほうが印象的だ。昔の恋人には、気持ちいい、いい、と繰り返していたのに。夫という設定だからというのもあるかもしれないが、好きよ、好き、そう喘いでいた。もしかしたら彼女は、本当に夫役の男優が好きなのかもしれない。

※

真上に住む婆さんは地主の令嬢で、戦前は大豪邸に住み、使用人にかしずかれて暮らしていたらしいが、戦後すべてを失い、今は独《ひと》りこのアパートで年金暮らしだという。

ちなみに婆さんは、一度も結婚したことがないそうだ。私が越してきたのは、かなり前になるけれど、その頃は、少しはまともだった。世間話もしたし、そう年がら年中コンコン天井も壁も叩いてなかったし、小人の妄想もなかった。

婆さんは一階の真ん中の部屋に住む、大家の息子夫婦の息子にだけは心を開いている。息子は騒音などの苦情が持ち込まれるたび、婆さんと真摯《しんし》に話し合いをする。

よく、一階の廊下と、一階の住人だけが利用できる二畳ほどの小さな庭で、立ち話をしているのを見た。息子は小太りで地味な、いかにも人の好さそうな中年男だ。しかし婆さんからは充分に、若くて素敵な男に見えているようだ。

「うるさくて困ってるのは、私もなんだよ。なんたって天井裏の小人ども、乱交しているんだよ。相手をとっかえひっかえ、ああ、なんてふしだらな。

アンアンいう声がすごいんだよ。天井裏いっぱいを使って、誰彼かまわず交《まじ》わって。

ほら、あんたも覚えているだろう。うちの両隣にいた人達。若い夫婦、あいつら今は小人になって戻ってきているよ。あんた、今度は家賃も払わず天井裏に住んでいるよ。この二人もうるさい。あそこ舐めて、そこ舐めて、ここもしゃぶって。嫁の声はすごい。

それから、姉妹といってた女二人。あれ、姉妹じゃないよ。レズだよ。女で夫婦になってたんだ。この二人も小人になって戻ってきて、やっぱり天井裏にいる。

ここは、変な器具をよく使ってる。なんでも両端に男のモノの形がついた器具があって、二人いっぺんにアソコに突っ込めるみたいで。真ん中にその器具を置いて、姉妹といいながら女二人は素っ裸で股を広げあって、淫《みだ》らな遊びをしているんだ」

八十を過ぎた処女。その淫猥《いんわい》な夢。貧困なイメージなんだか、たくましい妄想なんだかわからなくなってくる。ただいえるのは、婆さんはそういった卑猥《ひわい》な話をいかにも困ったふうに話しながら、大家の息子を誘《さそ》っていることだ。

「私はまだ男にこの肌を、触れさせたことはないんだよ……」

ある夜、あまりにも婆さんが天井を叩く音が響いてうるさいと全戸から苦情が持ち込まれ、大家の息子が出向いてみると、婆さんは真っ暗な部屋で、どこで手に入れたかピンクのスケスケのネグリジェを着て仰向けになっていて、彼にウインクしてみせたという。

彼は黙ってドアを閉めて自室に戻った。まるで小人に追い立てられたかのように。

※

一階の右側に住むＯＬは、二階のキャバ嬢ほどではないにしても、よく違う男を連れ込んでいた。色白ぽっちゃり。童顔で胸が大きい。服装や髪型などは清潔感がありつつ、やや野暮《やぼ》ったい。つまり、最も多くの男が好むタイプだ。

なのに、なのか、だから、なのか。いずれにしても、何人もの男が部屋に出入りしていた。よく男達が鉢合わせしないものだと、こっちが心配になるが、そこのところはうまくやっているのだろう。派手なトラブルはまだ、目にしていない。

彼女は意識的な露出マニアなのか、単に無防備にあけっぴろげなだけなのか。いつでも窓を、ときにはドアまで開けている。一階には小さな庭があり、そこに面したサッシ戸があるのだが、そこもよく開けている。

服を着ているときの楚々《そそ》とした彼女とは別人で、髪を振り乱して男にむしゃぶりつき、重たげな乳房をぶるぶる音がしそうなくらい揺らして男にまたがり、殺されるんじゃないかという声をあげている。

男も、同じく露出好きが寄ってくるのか。それとも男の側は恥ずかしいし嫌だけれど、窓を開けると彼女の悦《よろこ》びが大きくなるので、合わせているだけなのか。

先日は庭から覗くつもりはなくても覗いてしまったら、見たことのない男とつながっていた。顔は平凡だけれど、体は筋肉質で引き締まっていた男。

全裸の男はこっち向きにあぐらをかいて、彼女も同じようにこっちを向いて股を広げて彼の上に座っていた。結合している部分が、むき出しになっていた。

小さい子供におしっこさせるみたいに、男は彼女の腿を持って上下に揺さぶり、彼女は手を背後に回《まわ》して彼と肩を合わせるように密着し、腰をくねらせていた。

まったく、彼の陰茎は彼女から外れなかった。彼女の中に出し入れされる彼の陰茎に白濁した体液が粘りついているのも、蛍光灯の下でよくわかった。かなり陰茎は長く、どれだけ奥まで入っているのかと、私まで体の奥が熱くなった。

つながったまま、彼女が前に倒れてひじで体を支え、男は膝で立って彼女の腰を抱《かか》えると、激しく突き始めた。乳房がちぎれるんじゃないかというほど、彼女は揺すり立てられた。細く高く、彼女の声はアパート中に響いた。

三階の婆さんが、天井を叩き始めた。二階のキャバ嬢が、窓を開けてわめいた。

「うちのマンションは頭おかしいか、ヤリマンしか住んでないのかよ。うるせー！」

一瞬だけ動きを止めた一階のＯＬは、庭先にいた私と目を合わせ、にんまり微笑《ほほえ》んだ。男も一瞬だけ腰の動きを止め、手に唾《つば》をつけて彼女の肛門に塗った。肛門の方に挿入する前に、私はその場を離れて階段を上がった。

※

「もしもし、××不動産さん？　いつもお世話になってます、○○マンションです。うちの入居希望者が見学に来たいとのことですが、ぜひ、寄越してください。最近は三階のお婆ちゃんも落ち着いてきて、のべつまくなしに部屋を叩きまくる、ってのもなくなったんで、両脇に新しい人に入ってもらってもいいと思うんですがねえ。

問題は、例の二階の真ん中の部屋ですね。殺され方が尋常でなかったのと、冬とはいえ二週間も放ったらかしになってたもんで、床に流れ出た体液が未《いま》だに、フローリングの目地にこびりついて取れないんですよ。臭いも残っているし。

一階の住人、ＯＬさんなんですけど、庭先に二階の女の幽霊が立って、いつも覗き込んでくるなんていい出して。二階のキャバクラ嬢も、死んだお隣さんの声を聞くとか。やっぱり二階の女優さんも、無人のはずの隣に今も誰かがいる気配がするとかいうし。

三階のお婆ちゃんも、小人じゃなく二階の死んだ女が天井裏に来ている、と怯《おび》えています。ただ、叩くと叩き返してくるんで怖いなんていってます。それでお婆ちゃん、天井や壁を叩かなくなったんです。

それから、一階の色っぽい女性のせいで、遠くからも覗き魔がよく来て、他の住人が迷惑してたんですけど。それも幽霊の噂が立って、しっかり戸締りをするようになったんで、覗き魔も来なくなりました。

皮肉なことにみんな、それらの件に関しては幽霊に感謝してますよ。

自殺だの殺人事件だのは、不動産屋さんは客に対して報告しなきゃならないんでしたよね。申し訳ないですが、すべてそちらさんの会社に一任《いちにん》させてもらいますよ。私は大家とはいえ気が弱くて、告げられません。お祓《はら》いもしてもらったんですがねぇ。

ともあれ部屋はどんどん貸して回転させなきゃ、傷《いた》むでしょ。多少、身元の曖昧《あいまい》な人や外国籍の人でもいいですから、とにかく入居させてください。

色情霊になっているだろうから、年配の人のほうがいいかもしれないと、お祓いしてくれた人はいってました。いいたくないですけど、二階の真ん中の部屋、誰もいないのにときどき窓が開いているんですよ。誰かのイタズラだと思いたいんですけどね」

# ルヘリデの夜

前川麻子

　女の温かな舌先が唇《くちびる》と歯茎《はぐき》の合間に潜り込む。口の端から垂れた唾液《だえき》で顎先《あごさき》が冷たい。苦しげな息づかいが頰《ほお》に当たり、這《は》い上がった唇が耳を柔らかに挟み込んだ。掌《てのひら》にたっぷりした感触を乗せる。ざり、と音を立てて擦《こす》り合わせた陰毛の奥を突つくと、押し殺した甘い声が小さく響いた。下から支えるように持ち上げた乳房ごと上体を動かして、濡れそぼるそこを亀頭で探り当て、一気に腰を突き上げる。収縮する肉壁を陰茎《いんけい》で押し広げながら上体を起こして、掌からこぼれ落ちようとする乳房の先端に食らいつき、激しく吸い込む。

「ああ……」

　弱々しい悲鳴が降り注ぎ、下腹に蓄えられたじりじりする熱を揺さぶった。ベッドのコイルがリズミカルに鳴っている。

「んっ、んっ」

腰を挟む太腿《ふともも》に力が漲《みなぎ》って、肩を摑《つか》む指先が肌に食い込んだ。女の身体《からだ》を後ろに倒して深く突き立てると、女の脚が腰に絡みついた。その脚を摑んで、ふくらはぎに唇を這わせてからそっと脇に下ろし、陰茎をつないだまま女の腿を跨《また》いで、自分の膝《ひざ》を外に置いた。膝を前にすべらせて、下腹ごと擦り合わせ、奥を突く。

「ああっ」

のけぞる白い喉《のど》に歯を立てながら、脇の下から肩へと回した腕で女の身体を強く引き寄せ、一番深いところに繰り返し突き立てて、果てた。

目覚めたときには、まだ淫夢《いんむ》の疲労感がうっすら残っていた。

今日は月曜日だと男は思う。

布団《ふとん》を蹴落としたままのベッドで上体を起こして、部屋を見渡す。

二年を共にした恋人が男から去って二週間が過ぎた。三十四になる男の、初めての恋人だった女は、週末になると男の部屋へやって来て、せっせと食事の支度をしたものだ。一ヵ月前に一度だけ、女が来なかった週末がある。電話をかけても通じず、携帯電話に送ったメールにも返信がないままだった。だが、次の週末には、いつも通り、大きな買い物袋を抱えてやって来た。「先週は、どうしてた」とは訊《き》かなかった。

今ではあれが別れの前兆だったのかと思う。が、本当のところはわからない。女は別れの理由を言わなかったし、男も訊けなかった。

別れとなった二週間前の金曜、女はいつも通りに男の部屋にやって来た。男は仕事が長引いていて、女を一人部屋で待たせていた。男は女に電話を入れた。

「今、終わった。これから帰るから、三十分くらいで着く」

女は米を研《と》ぎ、男の帰宅時間に出来上がるよう、時計を見ながら料理を始めたはずだ。

だが、男は約束した時間に帰らず、一時間後にまた電話を入れた。

「どうしても一杯飲みたくなって、駅前の立ち飲みに寄っちゃってさ」

電話口の向こうに喧噪《けんそう》が聞こえただろう。男は上機嫌だった。電話は黙って切られた。

男が帰ったとき、部屋には煌々《こうこう》と灯りがつけられ、炊きあがった白飯の柔らかな匂いが漂っていた。女の姿はなく、テーブルの上には合鍵が置かれていた。不安に駆られた男はすぐさま女に電話をしたが、女は出なかった。電話は二度とつながらず、メールにも返信はなかった。

週末になれば女がやって来ると信じて、一週間を過ごした。何も手につかず、食欲も失せ、眠りは浅いが、週末を迎えることだけが希望だった。

日曜の夜には寝付けない苛立《いらだ》ちのまま、マスターベーションをした。女の身体を思い出すほど胸が苦しくなって、泣きたい気持ちのまま射精をしたが、充足感はない。

次の一週間を過ごすうち、自分たちの関係は終わったのだと考えるようになった。そう考える頭の片隅では、金曜の夜に女が買い物袋を抱えて現れるのを期待している。期待すれば傷つくとわかっていて、期待しないよう心していても、やはり女を待ってしまうのだ。女のことなど忘れたように過ごしたつもりでも、何をしていてもざわざわと落ち着かず、やはり女の来ない週末を迎えただけだ。

男はすっかり疲れ果てていた。待つだけ無駄とわかっても、待ってしまう気持ちはどうしようもない。

女を抱いている夢を何度も見た。傷ついているのは、それが夢だったからなのか、それともそんな夢を見てしまった自分の未練に裏切られた気がするからなのか、男にはわからない。

男は、小便を済ませて、再びベッドに戻った。出勤時間を過ぎていたが、起きて身支度をするつもりはない。出勤しても、仕事には集中できないだろうしと開き直っている。どうせ一日休むなら、ひどい熱を出して救急病院に運ばれたとでも言い訳するつもりだ。一日休んで気持ちを切り替え、明日から自分の日常を取り戻せばいい。

布団に残った体温が男の欲求を刺激したのか、陰茎が中途半端に勃《た》っている。下着に手を入れて陰茎を摑むと、わずかに落ち着く。が、無意識のうちにその手が動き始めた。

目をつむると、女の声や、肌の艶《つや》が浮かび上がる。

汗の粒が溜まる鎖骨《さこつ》の窪《くぼ》み。硬く張った乳房に触れたときの、裏切られるような柔らかさ。滑らかな下腹を覆う陰毛や、その奥に潜んでいる熟した果実のような性器。差し込んだ指先が探り当てるざらついた襞《ひだ》や、生き物のように蠢《うごめ》く、あの感じ。腕に食い込む小さな爪《つめ》も、前歯で軽く嚙《か》み締める下唇も、甘い苦しみで眉間に寄せられる浅い皺も、すべてが生々しく立ちのぼった。

「美加《みか》」

女の名を呟《つぶや》くと、鼻の奥に涙が湧《わ》き上がる。熱を溜めた陰茎を離し、身体を反転して枕に顔を埋めると、「美加」と繰り返し呼ぶ。涎《よだれ》が枕に染み込んだが、気にしなかった。

しんと静まった部屋に、表通りを行く人の話し声が聞こえている。世の中はいつも通りに動いていて自分だけがこの部屋に取り残されていると思うと、孤独に息が詰まりそうだ。

気がつくとまた寝入っていた。はっきりした夢の記憶はないのに、ずっと美加を抱いていたような温もりが残っている。

17時05分を示す携帯電話のディスプレイには、着信があったことを知らせるアイコンが点灯していた。ぎゅっと心臓を掴まれたように跳ね起きて、着信履歴を確かめる。表示された勤務先の同僚の名前に舌打ちして、再び枕に顔を埋める。まだ自分の指先に美加の感触が残っているようだ。いっそ目覚めなければよかったのだ。

部屋の空気が、重たく澱《よど》んでいる。

何か食べるつもりだったが、冷蔵庫を開けた途端に食欲が失せた。美加が買ってきた食材はすっかり傷《いた》んでいるが、処分する気になれない。半分残ったコンビニのハムサンドがあったが、牛乳のパックを出してグラスに注いだ。楽しげに料理をする美加の「ほら、早くテーブル片付けて」という声を思い出し、ため息をついた。

また月曜になったのだ。

グラスを置こうとテーブルの上をまさぐると、デリバリーのメニューや分譲マンションや風俗店のチラシが、ぱらぱらと音を立てて床に広がった。

小さな紙片が目に留まり、拾い上げる。『フレンドリー』と赤い文字が躍るチラシだ。下着姿の女が上半身を倒してにっこり笑っている写真を見ているだけで、動悸《どうき》がしてきた。

チラシに印刷された番号を携帯に打ち込む合間に一度だけ逡《しゅん》巡《じゅん》したが、電話はすぐにつながった。「お電話ありがとうございます、フレンドリーです」という若い男の声に導かれるまま、男は自分の住所を告げる。「女の子のご希望はありますか」と問われ、「いえ、特に」と小さく答えた。希望などない。美加でなければ他の女は皆同じだと、電話を切った男はまたため息をつく。

電話口の男が言った通り、十五分後に玄関のチャイムが鳴った。

ドアを開けると、背の小さい女が顔を上げて「ここ、ですよね」と小声で言った。男が頷くと、女はぎこちない笑顔で会釈《えしゃく》をし、「入っていい？」と男の背後に視線をやった。男は後ずさりして、女を玄関に入れた。女が脱いだブーツから、微かに酸っぱい匂いが漂っている。

「お風呂、使うでしょ」

部屋に上がった女は、言いながら台所の横にある風呂場の扉を開けて、勝手に湯を出している。男は、また奥に戻ってベッドに腰を下ろした。デニムの短いスカートに手をこすりつけながら女が来て、「ショートが六十分一万九千円」と言う。椅子《いす》の上

からジャケットを取り、ポケットに入れっ放しだった財布を出していると、

「もしかして、彼女と別れたばっかりじゃない？」

背の小さい女が、無遠慮に部屋を見渡しながら言った。男は、答える代わりに一万円札を二枚、女に差し出す。

「あたしも彼と別れたばっかりのときにさ」

本物には見えないブランド物のバッグに手を突っ込みながら、女が喋《しゃべ》り続ける。

「やっぱしばらく何もする気になんなくて」

ごちゃごちゃした飾りのついた長い爪の先に千円札を挟んで男の膝に置くと、男が手にしていた二枚の紙幣をさっと抜き取った。

「部屋こんなだったから、そうかなって思って」

立ち上がった女の手が伸ばされ、男の腿を撫《な》でた。

「お風呂、一緒に入ろ」

女は二十代前半か、見た目はそのへんを歩いている普通の女たちと特別変わりない。だが、紫色のレースがついた下着を床に落として裸になると、圧倒的な存在感だ。若さを感じさせるのは肌の白さだけで、アウトラインは四十女のように崩れていたが、芯が発するいやらしい匂いがあって、プロなのだと思わされた。

気持ちが落ち着かずに俯《うつむ》く男に、「お先に」と声をかけ、女が白い尻を見せながら風呂場に入って行く。

男は、毛玉のついたセーターとTシャツを重ねたまま脱ぎ、トランクスとスウェットパンツを同じように重ねたままで脱ぐ。裸になると、心細かった。

女の金茶の髪に風呂場の電球の光が当たって、白髪《しらが》のように見えている。上から眺め下ろす女の白い額と、その下で不揃いな点線になった眉《まゆ》が、寒々しい。顔立ちは美しくないが、豊満な体つきだ。腐って今にも崩れ落ちそうな乳房の先端は黒々していて、まだ眠っているように乳輪の中に沈んでいる。白く張った太腿に、ぼたりと石けんの泡が落ちた。

「ほんと、別れんのはしょうがないとしてもさ」

女の手が、男の脇や胸の上で忙《せわ》しなく動かされる。

「急に一人になっちゃうのって、たまんないよね」

泡を乗せた掌が男の腰から尻までをゆっくり撫でさする。

「ま、一人になんなきゃ次の恋もできないんだけどさ」

女の口から出る言葉は、リズミカルで明るい響きだった。

「お兄さん、いくつ？」

股間に近づいた手がまた遠のいて、腿を洗い上げる。

「俺《おれ》？」

「俺？　って、今は二人っきりじゃん。お兄さん、おもしろーい」

楽しそうに口元を綻《ほころ》ばせている。

「三十四」

「あたし、二十三」

言われれば、肌の肌理《きめ》は美加よりずっと密なように思えた。

足の指の股《また》に女の指が絡んで、上下する。

「どうする？　自分で洗う？」

訊かれたのが陰茎のこととわかって、「あ」と声を出したときには、石けんの泡がたっぷりと塗り付けられていた。

「洗ったげるね」

女がゆっくりと陰茎をしごく。思い切り剝《む》き出された亀頭を指先の輪でぐりぐり回され、かすかに痛みを感じたが、耐えていた。陰茎はすっかり勃ち上がって、女の掌で下腹に押し付けられている。陰嚢《いんのう》の裏から尻の穴までを撫で上げられ、男は身体を捩《よじ》った。

「ねえ、お兄さん、仕事何してるの？」

くすくす笑いに続けて、女が男に訊いた。

「だって今日、お休みなんでしょ。月曜が定休の仕事って、なんだろう」

「辞めたから」

「まじで」

思いがけず口をついた自分の言葉に驚きながらも、その瞬間にふわりと何かが胸の内に広がったような気がして、確かめるようにもう一度言った。

「仕事、辞めた」

女がシャワーの湯を足元にかけている。

「辞めて、何すんの、これから」

立ち上がった女が、小さな円を描くように男の胸や腹にシャワーの湯を当て、陰茎を撫でながら泡を流す。男が左右に腰を振ると、陰茎がぶるぶると揺れた。

「別に、何も」

胸に広がった何かが、たちまちに霧散する。

「何かやりたいことあって、辞めたんじゃないんだ？」

女は、笑い声を上げて膝立ちになると、自分の股間にシャワーを当てた。女の頭の上に陰茎が揺れている。

「旅、かな」

「旅かあ、かっこいいじゃん」

顔を上げた女の鼻先に腰を突き出す。女は一瞬顎《あご》を引いたが、シャワーを片手に持ったまま、残る片方の手でしっかりと陰茎の根元を握りしめてきた。鼻先で震える陰茎を更に押し出すと、女がようやく口を開く。突き出すように窄《すぼ》められた唇から奥へと恐る恐るに挿し入れ、女の頭にそっと手を乗せた。女は睨《にら》むように男を見上げながらも、口の中で巧みに舌を伸ばして陰茎全体を刺激してくる。ぞくっと背中が粟立《あわだ》って、深い息が漏れた。

「風邪ひいちゃうよ」

陰茎を口の中から舌で押し出した女が言う。男は、女から手を放し、湯船に身体を浸《つ》けた。シャワーの湯を肩から浴びる女の脇腹には、脂肪がだぶついている。

「旅って、どこ行くの？　外国？」

シャワーを止めて立ち上がった女が湯船のへりを跨いで、薄い陰毛の下にぱっくり赤い肉が覗《のぞ》けた。さっきまで沈み込んでいた女の乳首がいつの間にか隆起して、水滴を留めている。

「どこにでも。決めてないから」

掠《かす》れた声が浴室に響き、女の身体が押し出した湯の流れる音にかき消された。

ひんやりしたシーツを背中に感じながら、女の手を引き寄せる。湯上がりの女の身体は、ほかほかと温かい。乱暴に乳房を摑んで乳首を吸うと、女はすぐに声を上げ始めた。股間に顔を下ろして、両手の指先で性器を開く。舐《な》める気にはならなかったが、指を挿し込むと、すぐに湿った音が立った。

「どうする？」

女が媚《こ》びた声を出す。戸惑《とまど》う男をにやりと見て、

「あと一枚で本番できるけど」

と、人差し指を一本立てている。

男が頷くと、「ムードなくなっちゃうから、後でいいよ」と言って上体を起こした女が、男の股間をまさぐり始めた。陰茎はすでに痛いほど充血している。足を折って座った男の股間に顔を埋《うず》めた女の口元が、じゅぽじゅぽと粘つく音を上げ、気がつくと陰茎にコンドームが被さっている。

女の肩を押して四つん這《ば》いにさせると、腰を摑んで一気に突き立てた。

「ああん」と甲高《かんだか》い声を上げた女の乳房を後ろから摑み、人差し指と中指を使って乳首を捏《こ》ね回す。コイルが弾む音と、肉を打つ音が重なり、女のあえぎ声が短く途切れる。

このまま、仕事を辞めようか。このまま、どこかに旅をしようか。

取り繕《つくろ》うように口にした自分の言葉が、新しい日々の希望に思えた。

「行こう」

小さく言って、女の身体に縋《すが》る。女がぐいと尻を押し出して「一緒にいく」と甘い声を出す。男は、奥歯を嚙み締めながら、がっしりと摑んだ女の腰を思い切り前後に振り立てた。女は「いく、いく、一緒にいく」と細い声で繰り返す。

だが、いくら激しく腰を振っても、込み上げない。女の身体を反転させ、脚を持ち上げて大きく開かせたり横向きで尻を突き出させたりと、あれこれ試してみたが同じだった。

今にも萎《な》えそうで気持ちばかりが焦っているのを見透かされたのか、女が再び男の股間に顔を埋める。そっと摑まれた陰茎がゆっくりとしごかれ、陰嚢を掬《すく》い上げるように舌が走る。何度もちろちろと舐め上げながら、焦らすように亀頭にだけは触れてこない。男の口から小さくうめき声が漏れた。

正常位に女を組み敷き、女の脚を跨いで、自分の膝を外に置く。女の乳房を摑んだまましっかりと目を閉じて、美加を思いながらゆっくり腰を使った。

「ああっ、すごい」

女の声が掠れている。いやいやをするように首を振って、男の背に回された指先が食い込む。

「一緒に行こう」

美加を攫《さら》って、どこかに行こう。

「一緒に行ってくれるよね」

自分の声がどこか遠くから聞こえているように感じていた。

「一緒にいく」

甘い声が答える。

「どこに行きたい、どこにでも連れてってあげるよ」

ようやく切なさが昂《たかぶ》り始めて、男は夢中で腰を振る。

「一緒に行こう、美加」

「うーんとね」

女の声から熱が失われたことには気づかない。そのまま駆け抜けて、今度はあっという間に果てた。

「ル、へ、リ、デ」

抑揚なく言う女の声には、含み笑いがある。

不意に女が笑い出した。

「ごめんね」

言いながら、込み上げる笑いを抑え切れずに、両手で顔を覆って笑い続けている。

「どこに行きたい？　って、お兄さん、ほんと面白い」

男は、女の身体を下りて仰向けに身体を投げ出した。腹立たしかったが、疲れ果ててどうでもよくなっている。

「ちょっとね、どこ行きたいかなって、マジ考えちゃってさ。そんで思いついたの、ルヘリデって」

整わない息のまま、汗が引いて身体が冷えていくのを感じる。

「ね、ありそうじゃん、アフリカっぽくない？　ルヘリデ共和国」

笑いの尻尾を引きずりながら起き上がった女が、紫色のパンティーに脚を入れながら喋っている。男は目を閉じて深々と息を吐き出す。

「あたしさ、百万貯めたらこの仕事辞めるって決めてたの。あとちょっとで百万なんだよね。だからさ、ほんとに旅してもいいかもなって、なんかマジ想像しちゃった」

不意に襲われた眠気のせいか、身体がずっしりと重たくなって、女の声が遠い国の歌のように響いた。

# トゥエンティー・ミニッツ

勝目梓

私鉄の最終電車が、始発になる新宿駅のホームに入ってきた。久保《くぼ》と夏美《なつみ》は無言の短い目配《めくば》せを交わす。

電車のドアが開くと、人々はわれ先に空《から》の車内になだれこんでいく。久保も腕で夏美をかばいながら、人波に押されて足を進める。乗降口のすぐの脇。金属棒でシートと仕切られている狭い一画――二人がめざしたのはその場所だった。

思惑《おもわく》どおりに、ポジションは確保された。夏美もすぐに久保の前に割り込んで、ドアのほうに軀《からだ》を向けて立つ。車内が鮨詰《すしづ》めの状態になるにつれて、久保の軀の前面は、夏美の背面に密着していく。事は二人のもくろみどおりに進んでいる。

久保はさりげなく、まわりに眼を配る。乗降口の前のスペースも、すでに人で埋めつくされている。身動きもままならない。

夏美と肩を接して背中を見せているのは、ロングヘアーの女だ。久保の横には、初老の男が半分だけ背中を向ける格好で立っている。背後のようすはわからない。背中に伝わってくるひしめきあうような圧迫の気配から推《お》し測ると、二人の乗客が横向きになって真後ろに立っているらしい。シートの端の席には、マスクをした中年女がダウンコートの背を丸めて、疲れたようすで首を前に落している。

予想どおりのありふれた状況——計画の妨《さまた》げになりそうな懸《け》念《ねん》の種は、久保の視野には見当たらない。夏美が本気でそれを実行するつもりでいることも、さっきの目配せで久保にはわかっている。久保もすでに、両手をトレンチコートのポケットに忍ばせている。コートのポケットの底は、これからのことに備えて左右ともに抜いてある。

ドアが閉まり、電車は静かに発車した。車内の人いきれが濃くなったように、久保には感じられた。心臓がはげしく躍っている。これからやろうとしていることが、久保は自分でも信じられない気がする。そのせいか、飲んできた酒の酔いが醒《さ》めていくようにも思えたし、逆にその勢いが増してくるようにも思える。

電車は少しずつ速度を上げはじめた。夏美が小さく身じろぎをして、久保の下腹にヒップを押しつけてくる。久保はそれを合図と受け取って、残っていた恐れともためらいともつかないものを振り捨てる。ポケットに入れたままの両手でコートの裾《すそ》をひろげ、それで夏美の腰をわずかだけ包んだ。超満員の車内では、それ以上の遮蔽《しゃへい》は望むべくもない。

夏美はモスグリーンのウールのハーフコートに、膝丈《ひざたけ》のベージュのプリーツスカートという、計画に合わせての支度《したく》だった。練り上げられた段取りは、二人の頭にしっかりと入っている。マンションの部屋でのリハーサルも重ねてきた。夏美は居酒屋を出たときに、トイレで用意をととのえてきた、と久保に耳打ちしていた。

時間は限られているのだ。一分たりとも無駄にできない。久保はコートのポケットの底から、そろそろと両手を前に伸ばす。その手で夏美のスカートの裾をつかみ、コートの裾ともどもヒップのあたりまでまくり上げる。それを左手で押えておいて、久保はズボンのファスナーを下ろし、トランクスの前を押し下げて一物《いちもつ》をつまみ出す。その物はまわりの状況に気圧《けお》されて、まだ身をすくめている。

久保はかまわずに、手を添えたそれを夏美のヒップの谷間の底に押し当てる。夏美がはいているストッキングは、股の部分だけが丸くくり抜かれている。パンティーは着けていない。ペニスと、それを誘導する久保の手が、ストッキングのくり抜かれた穴を探り当てる。夏美のその場所の、湿り気を含んだ素肌と陰毛が、まとわりつくような感触を久保の手にもペニスにも伝えてくる。

そのまま久保は、下腹をいっそう強く夏美のヒップに密着させる。その一方で注意深く、周囲の乗客たちの気配も窺《うかが》う。気になるようすは生まれていない。夏美のむきだしの股間に挟みつけられた一物が、すぐに本分に目覚めて、恥知らずな力をみなぎらせてくる。

久保悟《さとる》と小林《こばやし》夏美は、久保の会社の同僚の奔走で開かれたコンパで知り合った。夏美は久保の勤め先の、取引き先の社員である。

二人の交際は順調に進んで、一年が過ぎようとするころには同棲生活をはじめた。そしてまた一年が過ぎようとしている。久保が三十一歳で、夏美は二十九になったばかり、というカップルなのだ。久保は、このまま夏美と結婚してもいい、という気持ちになっている。だが、夏美のほうはその話になるとことばをにごす場合が多い。それでいて夏美は、婚姻届の用紙だけ用意しといてみようか、などと言ったりもする。

あるとき、職場の飲み会の席で、久保が若い女性社員たちに、〝草食系〟の男と品定めされる、といった一幕があった。その場にいる男たちを、女性社員どもが〝草食系〟と〝肉食系〟に類別して、話題が盛り上がったのだ。ギラギラとした男臭さを感じさせるタイプが肉食系で、その逆が草食系という次第だった。

飲み会を終えてマンションに帰った久保は、ふとした懸念に駆られて、夏美にその話を聞かせてみた。

『たしかに悟はそっちのほうだと、あたしも思う。あんまり男臭くないもん』

それが夏美の答えだった。久保は懸念が当たった気がした。夏美のことばの裏には、自分との結婚に踏《ふ》み切れないでいる理由がほのめかされているのではないか、と久保は思ったのだ。そのせいで久保は思わず、藪《やぶ》を突ついて蛇《へび》を出すようなことを口にしてしまったのだった。

『男臭さってさあ、セックスが強いとか、そういうことなの？』

『それだけとは限らないけど、セックスも無関係じゃないと思うわ』

『草食系のおれとのセックスは物足りない？』

『そんなことないよ。足りてる。たいていいけてるから……』

『たいていなの？　まいったなあ。それって、夏美がいかないうちにおれが終っちゃうときもあるってこと？』

『それはないから大丈夫。あたしが言ったのは気分のことだから』

『気分て？』

『すごくエッチな気分。あたしはいくことはいくんだけど、でもまだその先にもっとすごいことがあるような気がいつもしちゃうのよ。そんな気分なの。だから、もうちょっと長いこと悟のがあたしの中に入ったまんまだったらいいのになって気がするだけ』

『そのためにはおれが我慢して、いくのを遅らせるしかないじゃん。入ったまんまっていったってさあ、いっちゃったらおれのはしぼんで、ひとりでに抜けちゃうんだから。辛《つら》いなあ。おれが保《も》つのは、歯をくいしばって必死に我慢しても、せいぜい十五分ぐらいが限界じゃないかなあ』

『もうひとがんばり、なんとかならないかなあ。あたしが夢見てるのは、せめてトゥエンティー・ミニッツってところかしら。それだけかけたら、その先にありそうなすごいものに手が届くような気がするんだけどな』

『トゥエンティー・ミニッツ！　長いなあ。おれたちがいつも乗ってる電車が、ちょうど二十分くらいで新宿に着くんだぞ。それと同じ時間をおれは耐え抜かなきゃならないわけか。できるかなあ。自信ないなあ』

『大丈夫。限界には挑戦してみるものよ。訓練すれば限界を乗り越えられるわよ。そうだ。電車で思いついた。痴漢《ちかん》ごっこでトレーニングをするといいかも……』

『トレーニング？』

『痴漢ごっこで、ほんとに悟があたしの中におちんちんを入れちゃうの。でもさ、電車の中だから射精しちゃうわけにはいかないわよね。だから新宿までの二十分間をそのままで我慢する。それを積み重ねていくうちには、あたしの望むトゥエンティー・ミニッツも平気になって、それ以上の長逗留《ながとうりゅう》だって夢じゃなくなるかもよ』

二人は大笑いした。

もちろん、現実にはそんなことが実行できるはずはないだろうから、それは夏美のたわいのない冗談だったのだ、と久保はいまも思っている。けれども、そのときに夏美が口にした痴漢ごっこということばそのものに、久保はなんとはなく心をそそられてもいた。

通勤電車の中での、人の眼を盗んだ軽いボディータッチは、夏美への愛情表現になるばかりでなく、自分の男臭さを示して見せることにもなるのではあるまいか、などと久保は半《なか》ば本気で考えたのだ。実行の妨げになりそうなものは、何もない。赤の他人の女の軀をさわるわけではないのだから、遠慮はいらないはずだ。

ある朝、久保は満員の電車の中で、夏美の真後ろの位置に立って、彼女のヒップに手を這《は》わせた。それが久保の仕業《しわざ》だということは、夏美にもすぐにわかったとみえて、後ろに回されてきた彼女の手も、久保の股間でひっそりといたずらをはじめた。

それが皮切りだった。電車の中での悪ふざけの気分も含んだ、二人の密かな愛情表現の交歓は、思っていた以上の愉《たの》しみを久保に味わわせてくれた。夏美も、癖になりそう、と言って屈託《くったく》も見せずに笑っていた。愉しみはくり返されていった。痴漢ごっこの刺激は、夜のベッドにまで尾を曳《ひ》いて、そこでの二人の活動は活発の度を加えた。

それと競い合うかのように、久保と夏美の痴漢ごっこの内実も、少しずつ大胆なものに進化していった。ボディータッチも、初めは衣服の上からに限られた素朴な手法に留まっていたのだが、やがてそれでは飽き足りなくなって、ダイレクトタッチに変わった。それに応じて、パンティーストッキングの股の部分を丸くくり抜くことを考案したのは、夏美のほうだった。

穴あきパンストだけを着用した場合と、下にパンティーをはいている場合との、面白味の優劣も検討された。久保はどちらも甲乙《こうおつ》はつけられない、と主張した。夏美は迷った末に、パンティー着用のほうに軍配をあげた。悟の指がパンティーの股の横のところをかいくぐってくるのがとってもエロい感じだから、というのがその理由だった。

そんな調子で、痴漢ごっこに寄せる二人の淫《みだ》らな思いは、際限もなくふくらんでいった。このままでいけば、それこそほんとうに、満員電車の中でのペニスの挿入《そうにゅう》、といったところまで進展しかねない勢いだったのだ。そして二人は遂に、やれるところまでやってみようという気になって、新機軸を生み出した。限りなく性交に近い究極の痴漢ごっこ――。

それを久保と夏美は今夜初めて、満員の終電車の中で実行することにしたのだった。

新宿を出た電車は、最初の停車駅に停まった。降りる客も乗ってくる客もいない。車内の鮨詰め状態は維持されている。夏美の両脚の付け根深くに挟みつけられている久保のペニスは、持ち主自身がよくもここまでと思うほどに、熱く猛《たけ》り立っている。そんなところでそんな不届きなことが行われていることに気付いているようすの乗客は、一人としていそうもない。

そうした状況自体がまず、久保の淫らな心の高ぶりを妖《あや》しく煽《あお》ってくる。そこにはなにがしかの、倒錯《とうさく》の色合いもまじっている、と久保は思う。とんでもないことを、何食わぬ顔でやらかしているという、妙に痛快な気分がある。

パンティーストッキングのくり抜かれた破廉恥《はれんち》な穴に囲まれている夏美の性器も、すでに彼女自身の体液にまみれている。陰茎《いんけい》はそこの割れ目に添って押し当てられ、まっすぐ前方に頭を伸ばしている。挿入まではあと半歩なのだ。けれどもその先に進むのは不可能だということも、事前のマンションでのリハーサルで、久保にも夏美にもわかっている。

いまの状態で挿入に進むためには、久保は一旦、腰を落とさなければならない。それも一瞬の動作では終わらないのだ。腰を低くした上で、手を添えたペニスの先端で目的地点を探り当て、つぎには夏美と無言のうちに呼吸を合わせながら、微妙な姿勢の調整につとめる、といったプロセスを経ないことにはスムーズな結合は望めない。

電車の中でのそんな怪《あや》しげな身動きは、まわりの乗客たちの不審を呼び覚ますに違いない。久保も夏美も、そこまでの無謀をおかす気はない。夏美の股にペニスを挟み込むだけで、十分な愉しみが共に味わえることも、リハーサルでテストずみなのだ。

しかも本番のときを迎えているいまは、その愉しみにスリルという何物にも代え難い特異な調味料が加えられている。その作用の大きさには、予想をはるかに超えるものがある。

電車の揺れに身をゆだねているだけで、背中と胸を密着させている二人の軀はひとりでに動く。それにつれて、ペニスも夏美の性器の割れ目をこすりながら、小さな前進や後退や横揺れをつづけている。

そのわずかな動きによって久保は、ペニスに伝わってくる夏美のクリトリスのぴくりと跳ねるような反応や、小陰唇《しょういんしん》がやわらかくよじれていくようすや、膣口《ちつこう》を囲んでいる襞《ひだ》の吸いついてくるかのようななめらかな感触などを、信じられないほどに鮮明に、つぶさに捉えて息を殺している。それは、リハーサルでは味わえなかった精緻《せいち》な感覚なのだ。そのせいで久保は、まるでペニスに視覚が備わったような気さえする。

おそらくこれは、周囲への研《と》ぎ澄《す》まされた警戒心と、高まりきっている淫欲とが、互いに相反するままにぶつかりあって、軀の神経系統に化学反応のようなものを起しているせいで、ペニスの感覚が異様なまでに鋭敏になっている、ということなのだろう──そんなことを久保は、熱く波立っている頭でちらりと考える。

夏美の内股とヒップの肉が、小さくうねったりふるえたりしている。夏美もはずんでくる呼吸を必死に押え込もうとしているようすだ。その気配が、久保の胸に密着している夏美の背中の強張《こわば》り具合に感じられる。

久保はコートのポケットの底から伸ばした両手で、夏美の腰を抱え込むようにして支えている。パンティーストッキングに包まれているヒップを、手で強くつかんだり、静かに撫《な》で回したりもする。

その手の中で、夏美の腰やヒップが、電車の揺れとは別の動き方を見せるときもある。その夏美の身じろぎが、自分のもどかしさを訴えている場所に、なんとかしてペニスを誘い入れようとしているもののように、久保には思えてならない。久保は思わずつりこまれて、腰を沈めそうになっては、はっとわれに返る。

電車は二つ目の駅に停まった。ドアの前に立っていた若い男が二人だけ降りた。乗ってくる客はいない。電車はふたたび走りはじめる。身動きのとれない車内の状態はほとんど変わっていない。

電車が新宿を出てから、十数分が過ぎている。その間はずっと、久保のペニスは夏美の股にもぐって、体液にまみれた彼女の性器との密《ひそ》やかな摩擦《まさつ》をつづけている。しかもペニスの感覚は、現実のこととは思えないほどに過敏になっているのだ。そのせいで久保は、知らない間にそれが夏美の中に入ってしまっているかのような、曖昧《あいまい》な錯覚《さっかく》におちいりはじめる。

すると久保は、せりあがる高波のような甘い疼《うず》きがペニスに襲ってきて、射精の予兆が招き寄せられてくるのを感じる。久保はあわてる。急いで電車の車輪の音に意識を集める。顔を大きく仰向《あおむ》かせて、細く長く息を吐《は》き出す。そしてまわりの乗客たちに眼を投げる。そうやって久保は、さしせまってくるピンチをなんとか切り抜ける。

久保と夏美の下車駅はつぎのつぎだ。そこに着くまでに、何回のピンチにさらされることになるのか、久保にはわからない。自分が最後まで無事に持ち堪《こた》えられるかどうかもわからない気がしてくる。

そんな中で久保は、自分たちが痴漢ごっこにのめりこむきっかけとなった、あの夏美の冗談を思い出す。

いまのこの状態は、ペニスの挿入までには至っていないけれども、それでも射精をこらえて踏み留まるためのトレーニングには間違いなくなっていると、久保は身をもって納得する。これをつづけていけば、いつかは夏美に望みのトゥエンティー・ミニッツを与えてやるのも、たしかに夢ではないかもしれない、と久保には思えてくる。

その途端《とたん》に久保は、このまま我慢を振り捨てて射精してしまおうか、といった気持ちに駆られる。自分がうまく夏美に乗せられている気がするのだ。あの夏美の冗談には、こんなふうにして自分を射精制止のトレーニングに誘い込もうとする企《たく》らみが、実は密かにこめられていたのではないか、と久保は勘ぐりたくなる。

だからといって、いまここでブレーキから足をはずして射精するわけにはいかない。それは久保にもよくよくわかっている。また、自分が夏美の策略にはまったのだとしても、別に久保は腹は立たない。そこまでして夏美が夢のトゥエンティー・ミニッツを手に入れたいと願っているのかと思うと、その心情には久保もいじらしさに似たものすら覚える。そして、トレーニングに励もうという気にもなる。

けれども久保は、自分のほうだけが脂汗《あぶらあせ》が出そうなほどの忍耐を強《し》いられているのが、いささかシャクに思える。その辛さのいくらかぐらいは、夏美にも味わわせてやりたいという、いくらか意地悪な気持ちもまじったいたずらを久保は思いつく。

夏美のヒップに当てていた右手を、久保はそこの谷間に沿って下にすべらせていく。中指だけが谷間の底をなぞって、あふれ出る体液をたたえている膣口のくぼみに到達する。指は久保のペニスの付け根が邪魔をして、思うように進めない。けれどもその邪魔者は、持ち主がほんのわずかに腰を横にずらせるだけで、簡単に道をあける。

久保はあふれてまわりにひろがっている夏美の体液を、意趣返しの指にたっぷりと塗《ぬ》り付けておいて、それをそろりそろりと膣口に押し入れていく。事態を察した夏美の全身が、一瞬ゆらいだ。彼女が膝を折りそうになるのを、久保は押しつけている腰で支える。夏美が大きく息を吐くのが、背中を通して久保の胸板に伝わってくる。そうした夏美の動揺が、事の思いがけないなりゆきのせいなのか、指のいたずらがもたらした不意打ちのような快感のせいなのか、久保にはわからない。

夏美のヒップの丘が小さくうねる。指は狭隘《きょうあい》な場所をくぐり抜けている。久保はごく控え目なやり方で、その指を操る。注意が指のいたずらに向けられたせいか、久保の射精衝動はいくらか治まっている。そしてようやく電車は二人が降りる駅に近づいていた。二人はこっそりと身づくろいをすませる。

「あたし、思いきりヒールの高いハイヒールを買うわ。それだと本格的なトレーニングができるから」

それが、電車を降りてすぐの、夏美の第一声だった。

初出　小説現代二〇〇九年三月号

10分間《ぷんかん》の官能小説集《かんのうしょうせつしゅう》

小説現代《しょうせつげんだい》 編《へん》

石田衣良《いしだいら》｜睦月影郎《むつきかげろう》｜小手鞠《こでまり》るい｜南《みなみ》 綾子《あやこ》｜阿部牧郎《あべまきお》
あさのあつこ｜三田《みた》 完《かん》｜岩井志麻子《いわいしまこ》｜前川麻子《まえかわあさこ》｜勝目《かつめ》 梓《あずさ》



2012年6月15日第1刷発行
2014年7月1日第8刷発行

発行者――鈴木　哲

発行所――株式会社　講談社

東京都文京区音羽2-12-21　〒112-8001

電話　出版部（03）5395-3510
　　　販売部（03）5395-5817
　　　業務部（03）5395-3615

Printed in Japan

講談社文庫
定価はカバーに
表示してあります

デザイン―菊地信義
本文データ制作―講談社デジタル製作部
カバー・表紙印刷―大日本印刷株式会社
本文印刷・製本―株式会社講談社



ISBN978-4-06-277280-8

# 講談社文庫刊行の辞

二十一世紀の到来を目睫に望みながら、われわれはいま、人類史上かつて例を見ない巨大な転換期をむかえようとしている。

世界も、日本も、激動の予兆に対する期待とおののきを内に蔵して、未知の時代に歩み入ろうとしている。このときにあたり、創業の人野間清治の「ナショナル・エデュケイター」への志を現代に甦らせようと意図して、われわれはここに古今の文芸作品はいうまでもなく、ひろく人文・社会・自然の諸科学から東西の名著を網羅する、新しい綜合文庫の発刊を決意した。

激動の転換期はまた断絶の時代である。われわれは戦後二十五年間の出版文化のありかたへの深い反省をこめて、この断絶の時代にあえて人間的な持続を求めようとする。いたずらに浮薄な商業主義のあだ花を追い求めることなく、長期にわたって良書に生命をあたえようとつとめるところにしか、今後の出版文化の真の繁栄はあり得ないと信じるからである。

同時にわれわれはこの綜合文庫の刊行を通じて、人文・社会・自然の諸科学が、結局人間の学にほかならないことを立証しようと願っている。かつて知識とは、「汝自身を知る」ことにつきていた。現代社会の瑣末な情報の氾濫のなかから、力強い知識の源泉を掘り起し、技術文明のただなかに、生きた人間の姿を復活させること。それこそわれわれの切なる希求である。

われわれは権威に盲従せず、俗流に媚びることなく、渾然一体となって日本の「草の根」をかたちづくる若く新しい世代の人々に、心をこめてこの新しい綜合文庫をおくり届けたい。それは知識の泉であるとともに感受性のふるさとであり、もっとも有機的に組織され、社会に開かれた万人のための大学をめざしている。大方の支援と協力を衷心より切望してやまない。

一九七一年七月

野間省一

## 講談社文庫　目録

# 講談社文庫　目録

清涼院流水　カーニバル五輪の書
清涼院流水　秘密屋文庫 知ってる怪
清涼院流水　秘密室ボン〈QUIZ SHOW〉
清涼院流水　彩紋家事件(I)(II)(III)
瀬尾まいこ　幸福な食卓
関原健夫　がん六回 人生全快
瀬川晶司　泣き虫しょったんの奇跡 完全版〈サラリーマンから将棋のプロへ〉
曽野綾子　幸福という名の不幸(上)(下)
曽野綾子　私を変えた聖書の言葉
曽野綾子　自分の顔、相手の顔〈自分流を貫く生き方のすすめ〉
曽野綾子　それぞれの山頂物語 今こそ主体性のある生き方をしたい
曽野綾子　安逸と危険の魅力
曽野綾子　至福の境地
曽野綾子　なぜ人は恐ろしいことをするのか
曽野綾子　透明な歳月の光
蘇部健一　六枚のとんかつ
蘇部健一　六とん2
蘇部健一　長野・上越新幹線四時間三十分の壁
蘇部健一　動かぬ証拠
蘇部健一　木乃伊《ミイラ》男
蘇部健一　届かぬ想い
瀬木慎一　名画はなぜ心を打つか
宗田理　13歳の黙示録
宗田理　天路TENRO
曽我部司　北海道警察の冷たい夏
曽根圭介　沈底魚
曽根圭介　本ボシ
曽根圭介　藁《わら》にもすがる獣たち
田辺聖子　女が愛に生きるとき
田辺聖子　古川柳おちぼひろい
田辺聖子　川柳でんでん太鼓
田辺聖子　おかあさん疲れたよ(上)(下)
田辺聖子　ひねくれ一茶
田辺聖子　「おくのほそ道」を旅しよう〈古典を歩く11〉
田辺聖子　薄荷草《ペパーミント・ラヴ》の恋
田辺聖子　愛の幻滅(上)(下)
田辺聖子　うたかた
田辺聖子　春情蛸の足
田辺聖子　不倫は家庭の常備薬 新装版
田辺聖子　蝶花嬉遊図
田辺聖子　言い寄る
田辺聖子　私的生活
田辺聖子　苺をつぶしながら
田辺聖子　不機嫌な恋人
田辺聖子　どんぐりのリボン
田辺聖子　女の日時計
立原正秋　春のいそぎ
立原正秋　雪のなか
谷川俊太郎訳 和田誠絵　マザー・グース 全四冊
立花隆　中核VS革マル(上)(下)
立花隆　日本共産党の研究 全三冊
立花隆　青春漂流
立花隆　同時代を撃つ〈情報ウォッチング〉I～III
立花隆　生、死、神秘体験
滝口康彦　一命
高杉良　労働貴族
高杉良　広報室沈黙す(上)(下)

## 講談社文庫　目録

# 講談社文庫　目録

高田崇史　麿の酩酊事件簿〈花に舞〉
高田崇史　麿の酩酊事件簿〈月に酔〉
高田崇史　クリスマス緊急指令〈〜きよしこの夜、事件は起こる!〜〉
高田崇史　カンナ　飛鳥の光臨
高田崇史　カンナ　天草の神兵
高田崇史　カンナ　吉野の暗闘
高田崇史　カンナ　奥州の覇者
高田崇史　カンナ　戸隠の殺皆
高田崇史　カンナ　鎌倉の血陣
高田崇史　カンナ　天満の葬列
竹内玲子　笑うニューヨーク DELUXE
竹内玲子　笑うニューヨーク DYNAMITES
竹内玲子　笑うニューヨーク DANGER
竹内玲子　踊るニューヨーク Beauty Quest
竹内玲子　爆笑ニューヨーク POWERFUL《パワフル》〈アホで使える最新情報てんこ盛り!〉
団　鬼六　外道の女
団　鬼六　悦楽王〈鬼プロ繁盛記〉
立石勝規　国税査察官
立石勝規　論説室の叛乱
高野和明　13階段
高野和明　グレイヴディッガー
高野和明　K・Nの悲劇
高野和明　6時間後に君は死ぬ
高里椎奈　銀の檻を溶かして〈薬屋探偵妖綺談〉
高里椎奈　黄色い目をした猫の幸せ〈薬屋探偵妖綺談〉
高里椎奈　悪魔と詐欺師〈薬屋探偵妖綺談〉
高里椎奈　金糸雀《カナリア》が啼く夜〈薬屋探偵妖綺談〉
高里椎奈　緑陰の雨　灼けた月〈薬屋探偵妖綺談〉
高里椎奈　白兎が歌った蜃気楼〈薬屋探偵妖綺談〉
高里椎奈　本当は知らない〈薬屋探偵妖綺談〉
高里椎奈　蒼い千鳥　花霞に泳ぐ〈薬屋探偵妖綺談〉
高里椎奈　双樹に赤　鴉の暗《くろ》〈薬屋探偵妖綺談〉
高里椎奈　蟬の羽〈薬屋探偵妖綺談〉
高里椎奈　ユルユルカ〈薬屋探偵妖綺談〉
高里椎奈　雪下《せっか》に咲いた日輪と〈薬屋探偵妖綺談〉
高里椎奈　海紡《つむ》ぐ螺旋《らせん》　空の回廊〈薬屋探偵妖綺談〉
高里椎奈　深山木薬店説話集
高里椎奈　孤狼と月〈フェンネル大陸　偽王伝1〉
高里椎奈　騎士の系譜〈フェンネル大陸　偽王伝2〉
高里椎奈　虚空の王者〈フェンネル大陸　偽王伝3〉
高里椎奈　闇と光の双翼〈フェンネル大陸　偽王伝4〉
高里椎奈　風牙天明〈フェンネル大陸　偽王伝5〉
高里椎奈　雲の花嫁〈フェンネル大陸　偽王伝6〉
高里椎奈　終焉の詩〈フェンネル大陸　偽王伝7〉
高里椎奈　ソラチルサクハナ〈薬屋探偵怪奇譚〉
高里椎奈　天上の羊　砂糖菓子の迷児〈薬屋探偵怪奇譚〉
高里椎奈　ダウスに堕ちた星と嘘〈薬屋探偵怪奇譚〉
高里椎奈　遠《とお》に呱々《ここ》泣く八重の繭《まゆ》〈薬屋探偵怪奇譚〉
大道珠貴　背く子
大道珠貴　ひさしぶりにさようなら
大道珠貴　傷口にはウオッカ
大道珠貴　東京居酒屋探訪
大道珠貴　ショッキングピンク
高橋和　女流棋士
高木　徹　ドキュメント 戦争広告代理店〈情報操作とボスニア紛争〉
平安寿子　グッドラックららばい
平安寿子　あなたにもできる悪いこと

高梨耕一郎　京都 風の奏葬
高梨耕一郎　京都半木の道 桜雲の殺意
日明《たちもり》　恩《めぐみ》　それでも、警官は微笑《わら》う
日明　恩　鎮火報〈Fire's Out〉
日明　恩　そして、警官は奔《はし》る
多田克己 絵・京極夏彦　百鬼解読
竹内　真　じーさん武勇伝
たつみや章　ぼくの・稲荷山戦記
たつみや章　夜の神話
たつみや章　水の伝説
橘　もも　バックダンサーズ！
橘もも／三浦天紗子 百瀬しのぶ／田浦智美　サッド・ムービー
武田葉月　ドルジ 横綱・朝青龍の素顔
高橋祥友　自殺のサインを読みとる〈改訂版〉
田中文雄　鼠《ねず》舞《まい》
立石泰則　ソニー最後の異端〈近藤哲二郎とA³研究所〉
田中啓文　蓬萊洞《ほうらいどう》の研究
田中啓文　邪馬台洞の研究
田中啓文　天岩屋戸《あめのいわやど》の研究

田中啓文　猿《えん》猴《こう》
高嶋哲夫　メルトダウン
高嶋哲夫　命の遺伝子
高嶋哲夫　首都感染
高橋繁行　死出の門松〈こんな葬式がしたかった〉
田中克人　裁判員に選ばれたら
たかのてるこ　淀川でバタフライ
谷崎　竜　のんびり各駅停車
高野秀行　西南シルクロードは密林に消える
高野秀行　怪獣記
高野秀行　アジア未知動物紀行〈ベトナム・奄美・アフガニスタン〉
竹田聡一郎　ビーサン!!〈15万円ぽっち ワールドサッカー観戦旅〉
田牧大和　花合せ〈濱次お役者双六〉
田牧大和　質草破り〈濱次お役者双六 二ます目〉
田牧大和　翔ぶ梅〈濱次お役者双六 三ます目〉
田牧大和　半可心中〈濱次お役者双六〉
田牧大和　三悪人
田牧大和　泣き菩薩
田牧大和　身をつくし〈清四郎よろづ屋始末〉

田丸公美子　シモネッタの本能三昧イタリア紀行
竹内　明　秘匿捜査〈警視庁公安部スパイハンターの真実〉
高殿　円　カーリー〈I．黄金の尖塔の国とあひると小公女〉
高殿　円　カーリー〈II．二十一発の祝砲とプリンセスの休日〉
田中慎弥　犬と鴉
高野史緒　カント・アンジェリコ
瀧本哲史　僕は君たちに武器を配りたい〈エッセンシャル版〉
ダニエル・タメット 古屋美登里訳　ぼくには数字が風景に見える
陳　舜臣　阿片戦争 全三冊
陳　舜臣　中国五千年(上)(下)
陳　舜臣　中国の歴史 全七冊
陳　舜臣　中国の歴史 近・現代篇(一)(二)
陳　舜臣　小説十八史略 全六冊
陳　舜臣　琉球の風 全三冊
陳　舜臣　獅子は死なず
陳　舜臣　小説十八史略 傑作短篇集
陳　舜臣　神戸 わがふるさと
陳　舜臣　新装版 新西遊記(上)(下)
張《チャン》　仁《イン》淑《スク》　凍れる河を超えて(上)(下)

# 講談社文庫　目録

筒井康隆　ウィークエンド・シャッフル
津島佑子　火の山―山猿記 (上)(下)
津島佑子　黄金の夢の歌
津村節子　智恵子飛ぶ
津村節子　菊日和
津村節子　遍路みち
津本　陽　塚原卜伝十二番勝負
津本　陽　拳豪伝
津本　陽　修羅の剣 (上)(下)
津本　陽　勝つ極意 生きる極意
津本　陽　下天は夢か 全四冊
津本　陽　鎮西八郎為朝
津本　陽　幕末剣客伝
津本　陽　武田信玄 全三冊
津本　陽　乱世、夢幻の如し (上)(下)
津本　陽　前田利家 全三冊
津本　陽　加賀百万石
津本　陽　真田忍俠記 (上)(下)
津本　陽　歴史に学ぶ

津本　陽　おおとりは空に
津本　陽　本能寺の変
津本　陽　武蔵と五輪書
津本　陽　幕末御用盗
津村秀介　洞爺湖殺人事件
津村秀介　水戸の偽証〈三島着10時31分の死者〉
津村秀介　浜名湖殺人事件〈富士―博多間37時間30分の謎〉
津村秀介　琵琶湖殺人事件〈ハイパー有明14号「13時45分」の死角〉
津村秀介　猪苗代湖殺人事件
津村秀介　白樺湖殺人事件〈L特急「あずさ13号」空白の接点〉
司城志朗　恋ゆうれい
土屋賢二　哲学者かく笑えり
土屋賢二　ツチヤ学部長の弁明
土屋賢二　人間は考えても無駄である〈ツチヤの変客万来〉
土屋賢二　純粋ツチヤ批判
塚本青史　呂后
塚本青史　王莽
塚本青史　光武帝 (上)(中)(下)
塚本青史　張騫

塚本青史　凱《がい》歌《か》の後《のち》
塚本青史　始皇帝
塚本青史　三国志 曹操伝 上〈落暉の洛陽〉
塚本青史　三国志 曹操伝 中〈群雄の彷徨〉
塚本青史　三国志 曹操伝 下〈赤壁に決す〉
辻原　登　マノンの肉体
辻原　登　円朝芝居噺 夫婦幽霊
辻村深月　冷たい校舎の時は止まる (上)(下)
辻村深月　子どもたちは夜と遊ぶ (上)(下)
辻村深月　凍りのくじら
辻村深月　ぼくのメジャースプーン
辻村深月　スロウハイツの神様 (上)(下)
辻村深月　名前探しの放課後 (上)(下)
辻村深月　ロードムービー
辻村深月　ゼロ、ハチ、ゼロ、ナナ。
辻村深月　V. T. R.
辻村深月　光待つ場所へ
新川直司 漫画 辻村深月 原作　コミック 冷たい校舎の時は止まる (上)(下)
常光　徹　学校の怪談〈K峠のうわさ〉

常光　徹　学校の怪談〈百円のビデオ〉
坪内祐三　ストリートワイズ
津村記久子　ポトスライムの舟
津村記久子　カソウスキの行方
恒川光太郎　竜が最後に帰る場所
出久根達郎　佃島ふたり書房
出久根達郎　たとえばの楽しみ
出久根達郎　おんな飛脚人
出久根達郎　世直し大明神〈おんな飛脚人〉
出久根達郎　御書物同心日記
出久根達郎　続 御書物同心日記
出久根達郎　御書物同心日記　虫姫
出久根達郎　土龍《もぐら》
出久根達郎　俥《くるま》宿《やど》
出久根達郎　二十歳のあとさき
出久根達郎　逢わばや見ばや　完結編
出久根達郎　作家の値段
フランソワ・デュボワ　太極拳が教えてくれた人生の宝物〈中国・武当山90日間修行の記〉
土居良一　海翁伝

ドウス昌代　イサム・ノグチ(上)(下)〈宿命の越境者〉
童門冬二　戦国武将の宣伝術〈隠された名将のコミュニケーション戦略〉
童門冬二　日本の復興者たち
童門冬二　夜明け前の女たち
童門冬二　改革者に学ぶ人生論〈江戸グローカルの偉人たち〉
童門冬二　佐久間象山〈幕末の明星〉
童門冬二　項羽と劉邦〈知と情の組織術〉
鳥井架南子　風の鍵《キー》
鳥羽　亮　警視庁捜査一課南平《なんぺい》班
鳥羽　亮　三鬼の剣
鳥羽　亮　広域指定127号事件〈警視庁捜査一課南平班〉
鳥羽　亮　刑《デ》事《カ》魂〈警視庁捜査一課南平班〉
鳥羽　亮　隠《おぬ》猿《ざる》の剣
鳥羽　亮　鱗光の剣〈深川群狼伝〉
鳥羽　亮　蛮骨の剣
鳥羽　亮　妖鬼の剣
鳥羽　亮　秘剣鬼の骨
鳥羽　亮　浮舟の剣
鳥羽　亮　青江鬼丸夢想剣

鳥羽　亮　双つ龍〈青江鬼丸夢想剣〉
鳥羽　亮　吉宗謀殺〈青江鬼丸夢想剣〉
鳥羽　亮　風来の剣
鳥羽　亮　影笛の剣
鳥羽　亮　波之助推理日記
鳥羽　亮　からくり小僧〈波之助推理日記〉
鳥羽　亮　天狗の塒《ねぐら》〈波之助推理日記〉
鳥羽　亮　遠山桜〈影与力嵐八九郎〉
鳥羽　亮　浮世の果て〈影与力嵐八九郎〉
鳥羽　亮　鬼剣〈影与力嵐八九郎〉
鳥羽　亮　疾《はや》風《て》剣《けん》谺《こだま》返し〈深川狼虎伝〉
鳥羽　亮　修羅剣雷《いかずち》斬り〈深川狼虎伝〉
鳥越　碧　一葉
鳥越　碧　漱石の妻
東郷　隆　御町見役うずら伝右衛門(上)(下)
東郷　隆　御町見役うずら伝右衛門・町あるき
東郷　隆　銃士伝
東郷　隆　センゴク兄弟
東郷　隆　南天

# 講談社文庫　目録



2014年6月15日現在